톨스토이 단편선

톨스토이 단편선

톨스토이 지음 | 김이랑 엮음

시간과공간사

 CONTENTS

사람은 무엇으로 사는가 • 7
사람에게는 얼마나 많은 땅이 필요한가 • 65
하느님은 진실을 알지만 빨리 말하지 않는다 • 103
도둑의 아들 • 123
에멜리안과 북 • 133
첫 슬픔 • 155
바보 이반 • 183

 사람은 무엇으로 사는가

1

구둣방 주인인 세몬은 아내, 아들과 함께 어느 농부 집에 세들어 살고 있었다. 그는 집은 물론 땅도 없었으며, 구두를 짓고 수선하는 일로 근근이 연명해 갔다. 구두 수선비는 그들이 먹을 식량을 사기에도 벅찰 정도로 아주 쌌기 때문에 그는 번 돈을 모두 먹을 것을 사는 데 쏟아 부어야만 했다. 그래서 세몬의 가족은 언제나 가난했다.

그에게는 털외투가 한 벌밖에 없었다. 그나마 아내와 함께 번갈아 입었으며, 다 낡아 누더기가 되어 있었다. 그래서 그는 새 외투를 만들 양털가죽을 사려고 벌써 2년째나 벼르고 있는 중이었다.

 가을이 되자 그에게 돈이 어느 정도 모였다. 옷장 속에 3루블이 있었고, 마을 농부들에게 받을 돈이 5루블 20코페이카 정도 되었다. 그래서 세몬은 아침 일찍 마을로 양털가죽을 사러 갈 채비를 했다. 아침식사를 끝내고 그는 셔츠 위에 아내의 솜 재킷을 입고 그 위에 긴 웃옷을 걸쳤다. 그리고 안주머니에 3루블을 소중히 넣은 뒤 나뭇가지를 하나 꺾어 지팡이 삼아 길을 떠났다.

 마을에 도착한 세몬은 한 농부의 집으로 갔다. 그런데 농부는 집에 없었고, 그 아내가 1주일 안으로 주인 편에 돈을 보내 준다는 약속만 할 뿐 그 자리에서 돈을 주지 않았다. 그래서 그는 다른 농부의 집으로 갔다. 그 농부는 집에 있었지만 돈이 한 푼도 없다고, 하느님께 맹세할 수 있다고 하며 장화 수선비 20코페이카만 줄 뿐이었다.

 세몬은 하는 수 없이 외상으로 양털가죽을 사려고 했다. 그러나 가죽 장수는 외상을 주지 않았다.

 "마음에 드는 것을 줄 테니 돈을 가지고 오시오. 외상을 주면 돈 받기가 너무나 어렵소."

 결국 그는 양털가죽을 사지 못했다. 그가 마을에서 받은 것은 구두 수선비 20코페이카와 다른 농부가 가죽을 대 달

라고 준 헌 구두뿐이었다. 세몬은 속이 상해 수선비로 받은 20코페이카로 보드카를 마셔 버린 뒤 집으로 발걸음을 돌렸다.

아침에는 날씨가 좀 추웠지만 술이 한 잔 들어가서인지 털외투를 입지 않았는데도 몸이 후끈거렸다. 세몬은 한쪽 손에는 지팡이를, 또 다른 한쪽 손에는 펠트 구두를 쥐고 휘두르며 혼자 중얼거렸다.

"털외투를 입지 않아도 따뜻하구나. 작은 보드카 한 병을 마시니 온몸이 아주 후끈후끈해. 그래, 털외투 따윈 없어도 괜찮아. 아무렇지도 않다고! 털외투 따윈 한평생 필요 없어. 하지만 마누라가 가만히 있지 않을 텐데, 그게 걱정이군. 애써 일해도 일한 보람이 없구나. 돈을 20코페이카씩 찔끔찔끔 주다니! 흥, 20코페이카로 뭘 할 수 있단 말이냐? 술이나 마실 수밖에 없잖아. 다들 생활이 어렵다고는 하지만 나보다 더 어려울까. 니들한텐 집도 있고, 소도 있지만 나는 빈털터리란 말이야. 니들은 농사를 지어 빵을 직접 구워 먹지만 나는 사서 먹어야 해, 응? 아무리 아껴 먹는다고 해도 1주일에 빵값으로 3루블은 나가지. 집에 가면 빵이 없을 테니 1루블 반은 있어야 하는데……. 그러니 내 돈을 갚아 줘야겠어."

그는 횡설수설하면서 길모퉁이에 있는 교회 가까이까지 갔다. 그런데 교회 뒤에 무언가 하얀 것이 보였다. 이미 땅거미가 지기 시작했기 때문에 그는 그것을 뚫어져라 보면서 가까이 갔다.

'여기에 돌 같은 건 없었는데, 소인가? 그러나 짐승 같지는 않은데. 머리는 꼭 사람 같은데 사람 머리가 왜 저렇게 흴까? 아니지, 이런 곳에 사람이 있을 리 없지.'

세몬은 좀더 가까이 다가갔다. 그러자 물체가 똑똑히 보였다. 그런데 이게 웬일인가. 그것은 사람이었다. 살았는지 죽었는지 벌거벗은 몸으로 교회 벽 옆에 쓰러져 꼼짝도 하지 않고 있었다.

세몬은 무서운 생각이 들었다.

'누가 이 사람을 죽이고 옷을 벗긴 다음 여기에 버렸나 보다. 가까이 갔다가는 나중에 무슨 일을 당할지도 몰라.'

그는 그냥 지나치기로 했다. 발걸음을 재촉해서 교회 모퉁이를 돌아서자 그 사람의 모습이 보이지 않았다. 그런데 얼마 후 돌아보자 그 사람이 움직이는 것 같았다. 왠지 이쪽을 바라보고 있는 것 같아서 세몬은 겁이 덜컥 났다.

'다시 가까이 가 볼까? 아니면 이대로 가 버릴까? 혹시 곁

에 갔다가 무슨 봉변이라도 당하면 어쩐다? 아무튼 좋은 일로 저런 모양을 하고 있을 리는 없어. 가까이 가면 벌떡 일어나 내 목을 조를지도 몰라. 그러면 나는 꼼짝 없이 죽게 되겠지. 목 졸려 죽지 않더라도 좋지 않은 일을 당할 거야. 그런데 저 벌거숭이 사나이를 어쩌면 좋담? 내 옷을 벗어 줄 수도 없고. 그래, 그냥 이대로 가 버리자!'

세몬은 걸음을 재촉했다. 그러나 서서히 양심의 가책을 받기 시작했다. 그는 길 한가운데 우뚝 서서 자신에게 말했다.

"대체 너는 무얼 하는 거냐. 이 추운 날, 사람이 벌거벗은 채 죽어 가고 있는데 겁이 나서 그냥 도망치다니. 돈이라도 빼앗길까 봐서? 네가 빼앗길 돈이라도 있단 말이냐? 그럼 안 된다, 세몬!'

세몬은 발걸음을 돌려 그 사나이 곁으로 갔다.

2

세몬은 사나이 곁으로 다가가 자세히 살펴보았다. 젊고 튼튼해 보였으며 몸에 얻어맞은 흔적 같은 것은 보이지 않았다. 다만 추위에 몸이 꽁꽁 얼어붙어 눈을 뜰 힘도 없는 듯 고개를 숙이고 세몬을 쳐다보지도 않았다.

그러나 세몬이 더욱 가까이 다가가자 사나이는 갑자기 정신이 드는지 고개를 들고 눈을 떠 바라보았다. 그 눈매를 본 세몬은 마음이 놓였다. 악한 사람이 아니라는 느낌이 전해졌기 때문이었다. 세몬은 손에 들고 있던 헌 구두를 땅바닥에 내려놓고 허리끈을 풀어 그 위에 놓은 다음 긴 웃옷을 벗었다.

"자, 이야기는 나중에 하고 어서 옷을 입으시게!"

세몬은 사나이를 부축해 일으켰다. 남자는 날씬하고 깨끗한 몸매에 손발이 곱고 얼굴에서 귀태도 났다. 세몬은 남자에게 긴 웃옷을 걸쳐 주었으나 그는 소매에 팔을 넣지 못했다. 그래서 세몬은 직접 옷을 입혀 주고, 허리끈을 매어 주었다. 그리고 세몬은 자신의 모자를 벗어 그에게 씌어 주려고 했다.

'아니지, 나는 대머리지만 이 사나이는 고수머리가 길게 자라 있으니 안 추울 거야. 내가 쓰는 게 마땅해.'

그는 다시 모자를 썼다.

'그보다 신을 신겨 주는 편이 낫겠군.'

세몬은 사나이를 앉히고, 손에 들고 있던 헌 구두를 신겨 주었다. 그리곤 사나이에게 말했다.

"이젠 됐네. 젊은이, 몸을 좀 움직여 보도록 하시오. 그런데 걸을 수는 있겠소?"

사나이는 일어서서 감격한 눈으로 세몬을 바라보았다. 그러나 한마디도 입 밖에 내지 못했다.

"왜 가만있지? 여기서 그냥 겨울이라도 날 셈이오? 집으로 가야지. 자, 여기 내 지팡이가 있으니 기운이 없으면 이

걸 짚고 걸어 보시오!"

사나이가 걷기 시작했다. 성큼성큼 잘 걸었다. 세몬은 옆에서 따라 걸으면서 물었다.

"대체 어디서 왔소?"

"나는 이 마을 사람이 아닙니다."

"이 마을 사람이라면 내가 다 알고 있지. 그런데 왜 이 교회까지 왔소?"

"그건 말할 수 없습니다."

"틀림없이 누구한테 당한 것 같은데?"

"아닙니다. 나는 하느님의 벌을 받았습니다."

"그래, 모든 것은 하느님의 뜻이지. 그나저나 어디 가서 좀 쉬어야지. 어디로 갈 거요?"

"아무 데라도 좋습니다."

세몬은 약간 놀랐다. 나쁜 사람으로 보이지 않았고, 말투도 온순했지만 남자가 자신의 상황에 대해서는 한마디도 하지 않으려고 했기 때문이었다.

'그래, 세상에는 말 못할 일도 많이 있지.'

세몬이 조심스럽게 말했다.

"그럼, 우리 집으로 가는 건 어떻겠소? 몸을 좀 녹일 수 있을 테니까."

세몬은 집으로 향해 걸었고, 낯선 젊은이도 부지런히 뒤를 따랐다. 그런데 조금 걷자 바람이 세몬의 옷 속으로 파고들었다. 그리고 술기운이 깨면서 추위는 점점 더해갔다. 세몬은 코를 훌쩍 거리며 옷깃을 더욱 깊이 여미고 생각했다.

 '이게 어떻게 된 일인가. 외투를 사러 가서는 헌 외투마저 남한테 넘기고 벌거숭이 남자를 데리고 가고 있으니. 마트료나에게 잔소리깨나 듣겠군!'

 아내 생각을 하니 세몬은 괜한 짓을 한 건 아닌지 후회가 됐다. 그러나 금세 옆에 있는 사나이를 보고는 잘한 일이라며 생각을 고쳐먹었다.

3

 세몬의 아내는 서둘러 집안을 치웠다. 그리고 장작을 패고 물을 긷고 아이에게 저녁을 먹인 뒤, 자기도 식사하면서 생각했다.

 '빵은 언제 구울까? 오늘 할까, 내일 할까? 세몬이 저녁을 먹고 온다면 아직 큰 덩어리가 하나 남아 있으니 내일까지는 충분할 거야.'

 마트료나는 빵조각을 만지작거리며 또 생각했다.

 '그래, 오늘은 빵을 굽지 말아야지. 밀가루도 얼마 남지 않았으니 이걸로 금요일까지 버텨 보자.'

 마트료나는 빵을 치우고 식탁에 앉아 남편의 다 낡은 셔

츠를 깁기 시작했다. 바느질을 하면서 마트료나는 양털가 죽을 사올 남편을 생각했다.

'양털가죽 장수에게 속지 말아야 할 텐데. 그이는 사람이 너무 어수룩하단 말이야. 누굴 속이기는커녕 어린아이한테도 속아 넘어가거든. 8루블이면 적지 않은 돈이니 좋은 외부노 살 수 있을 거야. 제일 좋은 건 아니더라도 웬만한 것

은 살 수 있을 테지. 지난겨울엔 털외투가 없어서 얼마나 고생했는지 몰라! 강은 물론이고 아무 데도 갈 수 없었어. 그건 그렇고 그이가 집안의 옷이란 옷을 다 입고 나가 버려서 나는 걸칠 옷이 하나도 없네? 아무튼 이제 올 때가 됐는데, 이 양반이 술이라도 마신 건 아닐까?

마트료나가 이런저런 생각을 하는 순간, 현관 층계가 삐걱거리며 누군가 들어오는 소리가 들렸다. 마트료나는 바늘을 꽂아 두고 나서 문 쪽으로 나갔다. 세몬이 모자도 쓰지 않고 펠트 구두를 신은 어떤 사나이와 함께 집안으로 들어왔다. 마트료나는 술 냄새를 풍기는 세몬을 쳐다보았다.

'그럼 그렇지, 역시 마시고 왔어.'

마트료나는 위에 입었던 옷은 어디로 갔는지 재킷 하나만 걸치고는 손에 아무 것도 들지 않은 남편을 보고 할 말을 잃었다.

'다 마셔 버린 모양이구나. 얼굴도 모르는 이 사나이와 어울려 술을 퍼 마시고 집에까지 데려왔어.'

마트료나는 집 안으로 들어오는 두 사람을 찬찬히 훑어보다가 그 낯설고 빼빼 마른 젊은이가 입고 있는 긴 웃옷이 자신의 것임을 깨달았다. 그리고 그 안에 아무 것도 입지 않은 것을 알아챘다. 집 안으로 들어선 젊은이는 고개를 숙인 채 그 자리에 가만히 서 있었다. 그래서 마트료나는 이 사나이가 무슨 잘못을 저질러 겁을 먹고 있는 것이라고 생각했다.

마트료나는 얼굴을 찡그리고 난로 쪽으로 가서 그들의 거동을 살폈다.

세몬은 모자를 벗고 태연히 의자에 앉았다.

"여보, 마트료나. 어서 저녁 준비를 해야지."

마트료나는 그들을 번갈아 보며 머리를 흔들 뿐이었다.

세몬은 마트료나의 기분이 좋지 않은 걸 직감하고 어쩔 수 없다는 듯 젊은이의 손을 잡아끌었다.

"앉게나. 저녁을 먹어야지."

젊은이는 의자에 앉았다.

"아무것도 만들지 않았소?"

마트료나는 화가 치밀어 올랐다.

"만들긴 했지만 당신을 위해 만든 건 아니에요. 염치가 없어도 유분수지 외투를 사러 간 사람이 입고 있던 옷까지 없애고, 그것도 모자라 벌거숭이 건달까지 데려오다니. 당신 같은 주정뱅이에게 줄 저녁은 없어요!"

"그만하오, 이유도 묻지 않고 함부로 말하면 못 쓰오. 먼저 이 젊은이가 어떤 사람인지부터 물어 봐야지."

"돈은 어디 있어요? 어서 그것부터 말해 봐요."

세몬은 긴 웃옷 주머니를 뒤져 돈을 꺼내 보이며 말했다.

"갖고 갔던 돈은 여기 있어. 트리포노프한테서는 돈을 못 받았어. 내일 주겠다더군."

마트료나는 더욱 화가 났다. 양털가죽도 사지 않고 하나밖에 없는 웃옷을 어떤 벌거숭이에게 입혀 집으로 데려오다니, 마트료나는 돈을 집어넣으며 말했다.

"저녁은 없어요. 벌거숭이 주정뱅이한테까지 어떻게 밥을 줘요?"

"말조심하오, 마트료나. 먼저 사정을 들어 보고 말해야지."

"멍청한 주정뱅이한테 무슨 사정이 있겠어요. 애초에 당신 같은 주정뱅이한테 시집온 게 잘못이에요. 전에 어머니가 주신 옷감도 당신이 다 술값으로 없애 버렸잖아요. 그러더니 이번엔 외투를 사러 가서는 그 돈으로 술을 마셔 버렸고."

세몬은 자기가 마신 술값이 20코페이카밖에 되지 않으며, 이 젊은이를 발견하게 된 상황을 설명하려 했으나 마트

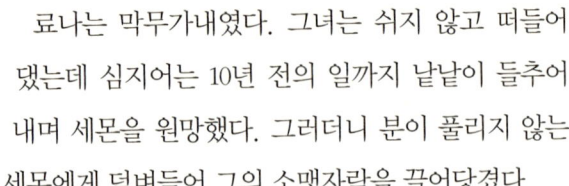
료나는 막무가내였다. 그녀는 쉬지 않고 떠들어 댔는데 심지어는 10년 전의 일까지 낱낱이 들추어 내며 세몬을 원망했다. 그러더니 분이 풀리지 않는지 세몬에게 덤벼들어 그의 소맷자락을 끌어당겼다.

"당장 내 옷을 벗어. 한 벌밖에 없는 내 옷을 입고 가다니. 이리 내, 이 거지 같은 늙은이야!"

세몬은 재킷을 벗었다. 그런데 마트료나가 채 벗지도 않은 재킷을 낚아채는 바람이 솔기가 터져 버리고 말았다. 마트료나는 재킷을 빼앗아 뒤집어쓰고 문 쪽으로 달려갔다. 그러다 문득 그 자리에 우뚝 섰다. 화가 치밀어 오르긴 했지만 그 사나이가 누군지 궁금해진 것이다.

4

마트료나는 걸음을 멈추고 말했다.

"착한 사람이라면 벌거숭이로 있을 리가 없어요. 이 사람은 셔츠도 입지 않았잖아요. 또 당신도 나쁜 짓을 하지 않았다면 어디서 이 사람을 데려왔는지 자초지종을 말해야 되는 거 아니에요?"

"그렇지 않아도 아까부터 이야기하려면 참이오. 집으로 오는데 이 사람이 교회 옆에 쓰러져 있더군. 여름도 아닌데 벌거벗은 몸으로 거의 얼어붙어서 말이야. 내가 이 사람을 모른 척 지나쳤다면 아마 이 사람은 죽었을 거요. 그러니 내가 어떻게 하겠소? 옷을 입혀서 데려오는 수밖에. 하느님이 나를 이 사람에게 이끄셨던 거요. 마트료나, 당신이나 나나 살면서 언제 무슨 일을 당할지 모르오. 누구든 어려운 상황에선 돕고 살아야 하지 않겠소?"

마트료나는 욕을 해주고 싶었으나 젊은이를 보고 입을 다물었다. 나그네는 의자 끝에 앉아 꼼짝도 하지 않았다. 두 손을 무릎 위에 올려놓고 머리를 숙인 채 줄곧 눈을 감고 얼굴을 찡그리고 있었다.

"마트료나, 당신 마음속에도 하느님이 계시지 않소."

마트료나는 이 말을 듣고 다시 한 번 젊은이를 쳐다보았다. 그러자 갑자기 마음이 누그러졌다. 그녀는 난로가 놓인 구석으로 가서 저녁을 준비를 했다. 컵을 식탁 위에 놓고 크바스(호밀로 만든 맥주의 한 종류)를 따른 뒤 마지막 빵을 내놓았다. 그리고 나이프와 포크를 놓으며 말했다.

"가까이 앉으세요."

세몬은 젊은이를 식탁 쪽으로 끌었다.

"어서 들어요."

세몬은 빵을 잘라 저녁을 먹기 시작했다.

마트료나는 식탁 옆에 앉아 한 손으로 턱을 괴고 낯선 젊은이를 바라보았다. 그러자 젊은이가 가엾은 생각이 들었다. 급기야는 보살펴 주고 싶은 생각마저 들었다.

젊은이는 찡그렸던 얼굴을 펴고 마트료나 쪽으로 눈을 들어 빙그레 웃어 보였다.

이윽고 식사가 끝나자 마트료나는 식탁을 치운 다음 낯선 젊은이에게 물었다.

"어디서 왔지요?"

"나는 이 고장 사람이 아닙니다."

"왜 길바닥에 쓰러져 있었어요?"

"그건 말씀드릴 수 없습니다."

"강도라도 만났나요?"

"하느님의 벌을 받았지요."

"그래서 벌거벗은 채 누워 있었어요?"

"네, 알몸으로 누워 있다가 얼어 죽을 뻔했지요. 그걸 이분께서 발견하고 가엾게 여겨, 입고 있던 옷을 벗어서 입혀 주시더니 여기까지 데려온 겁니다. 그런데 여기에 오니 부인께서 먹고 마실 것을 주셨습니다. 하느님은 분명 두 분께 은혜를 베풀어 주실 겁니다!"

마트료나는 일어나서 좀 전에 바느질하던 세몬의 셔츠를 젊은이에게 주었다. 그리고 바지도 찾아 주었다.

"이걸 입고 자도록 해요. 침대든 난롯가든 편한 곳에서."

젊은이는 긴 웃옷을 벗고 셔츠와 바지를 입은 뒤 침대 위에 누웠다. 마트료나는 등불을 끄고 긴 웃옷을 가지고 남편 곁으로 가서 자려고 누웠다. 그러나 잠이 오지 않았다. 그 젊은이에 대한 생각이 머릿속에서 떠나지 않았다. 그리고 젊은이가 마지막 빵을 다 먹어치워 버려서 내일 먹을 빵이 없으며, 셔츠와 바지를 줘 버린 일을 떠올리고 기분이 언짢아졌다. 그러나 그가 빙그레 미소 짓던 얼굴을 생각하니 다시 기분이 좋아졌다.

마트료나는 오랫동안 잠을 이루지 못했다. 세몬도 잠을 이루지 못하는지 뒤척이는 소리가 들려왔다.

"세몬!"

"응?"

"빵을 다 먹어 버렸는데 구워 놓지 않았으니 내일은 어떡하지요? 말라냐 대모에게 가서 좀 꾸어야겠어요."

"산 입에 거미줄이야 치겠소."

마트료나는 한동안 가만히 누워있었다.

"저 젊은이는 좋은 사람인 것 같은데 왜 자신에 대한 말을 한마디도 하지 않는지 모르겠어요."

"말 못할 사정이 있겠지."

"세몬!"

"응?"

"우리는 남에게 이렇게 베푸는데, 남들은 왜 우리에게 베풀지 않는 거지요?"

세몬은 뭐라고 대답해야 좋을지 몰랐다.

"이제 그만하고 자도록 하지."

세몬은 돌아누워 잠들어 버렸다.

5

이튿날 아침, 세몬은 잠에서 깨어 보니 아이는 아직 자고 있고, 아내는 이웃집에 빵을 빌리러 가고 없었다. 어제의 그 나그네는 의자에 앉아 천장을 멍하니 바라보고 있었다. 표정은 어제보다 밝아 보였다.

"어떤가, 젊은이. 배를 곯지 않고 입을 옷이라도 장만해야 하니 무슨 일인가는 해야 할 것 아닌가. 자네는 무슨 일을 할 줄 아나?"

"아무 일도 할 줄 모릅니다."

세몬은 놀랐다.

"마음만 먹으면 뭐든 할 수 있지. 사람은 무슨 일이나 배울 수 있어."

"열심히 배워 보겠습니다."

"자네 이름은 뭔가?"

"미하일입니다."

"미하일, 자네는 지금 자네 처지에 대해 전혀 말하려고 들지 않는데 그건 상관없네. 하지만 밥벌이는 해야겠어. 내가 시키는 일을 하면 밥을 먹여 주겠네."

"고맙습니다. 일을 배우겠습니다. 할 일을 가르쳐 주십시오."

세몬은 옆에 있던 실을 손가락에 감고 매듭을 지어 보였다.

"어려울 건 없어. 자, 보고 따라하게."

미하일은 가만히 살피더니 얼른 손가락에 실을 감아 매듭을 지었다. 이어 세몬은 실 꿰는 법을 가르쳐 주었는데 미하일은 그것도 바로 배웠다. 다음에는 가죽 다루는 법과 깁는 법을 가르쳐 주었다. 미하일은 그것도 금세 배웠다.

세몬이 무슨 일을 가르치든 미하일은 아주 잘 따라했다. 사흘째 되는 날부터는 오랫동안 구두를 만들어 온 사람처럼 능숙하게 일하기 시작했다.

　미하일은 열심히 일하고 밥은 조금밖에 먹지 않았다. 쉴 때에는 잠자코 천장만 바라보았다. 밖에 나가는 일도 없고 쓸데없는 말을 하지 않았으며, 농담도 웃는 법도 없었다. 미하일이 웃는 모습을 본 것은 그가 처음 오던 날 마트료나가 저녁 식사를 차려 주었을 때뿐이었다.

6

어느덧 세월은 흘러 미하일이 세몬의 집에서 지내게 된 지도 1년이 넘었다. 미하일에 대한 소문은 사방으로 퍼졌는데 미하일만큼 멋지고 튼튼하게 구두를 만드는 사람은 없다는 소문이었다. 이웃 마을에서까지 구두를 맞추려고 사람들이 몰려와 세몬의 수입은 점점 늘어났다.

어느 겨울날이었다. 세몬과 미하일이 함께 앉아 일하는데 3마리의 말이 끄는 마차가 가게 쪽으로 향해 달려왔다. 창문으로 내다보자 마차는 가게 앞에 멈춰 섰다. 그리고 마차에서 젊은 남자가 펄쩍 뛰어내렸다. 털외투를 입은 신사

는 성큼성큼 세몬의 가게로 왔다.

마트료나가 달려 나가 문을 활짝 열었다. 신사는 몸을 굽히고 안으로 들어섰다. 머리가 거의 천장에 닿을 만큼 키가 크고 몸은 방 안을 가득 채울 정도로 컸다.

세몬은 일어나 절을 했다. 그는 지금까지 이런 사람을 본 일이 없었다. 세몬과 미하일은 마른 편이고 마트료나는 명태처럼 바싹 여위었는데, 이 신사는 다른 나라에서 온 사람 같았다. 기름진 얼굴은 벌겋고, 목은 황소만 하고 온몸이 무쇠처럼 단단해 보였다.

신사는 외투를 벗고 의자에 앉으며 말했다.

"구둣방 주인이 누구요?"

세몬이 나서며 말했다.

"제가 주인입니다, 나리."

신사는 자기가 데려온 젊은이를 소리쳐 불렀다.

"페지카, 물건을 이리 가져와."

젊은이가 작은 보따리를 가져 오자 신사는 보따리를 받아 테이블 위에 놓으며 말했다.

"끌러."

젊은이가 보자기를 풀자 가죽이 보였다. 신사는 가죽을 손가락으로 찌르며 세몬에게 말했다.

"이 가죽이 보이지?"

"네, 나리."

"이게 무슨 가죽인지 알겠나?"

세몬은 가죽을 만져 보고 나서 말했다.

"좋은 가죽입니다."

"그야 물론 좋은 가죽이지! 당신 같은 사람은 평생 처음 보는 물건일 게야. 이건 독일제로, 20루블이나 줬어."

세몬은 겁을 집어먹고 말했다.

"우리 같은 사람이 어디서 이런 걸 구경이나 했겠습니까."

"그렇겠지. 이걸로 내 발에 맞는 장화를 만들 수 있겠나?"

"그럼요, 나리."

신사는 세몬에게 큰 소리로 말했다.

"만들 수 있다고 했겠다. 하지만 똑똑히 알아 둬야 할 거야. 자네가 누구의 구두를, 어떤 가죽으로 만드는지. 나는 1년을 신어도 모양이 변치 않고 실밥이 터지지 않는 장화를 원해. 할 수 있으면 가죽을 자르고, 할 수 없으면 일찌감치 포기하는 게 좋을 거야. 미리 말해 두지만 1년 안에 구두 모양이 변하거나 실밥이 터지면 가만두지 않을 테다. 하지만 만일 1년이 지나도 모양이 변하지 않고 실밥이 터지지 않으면 만든 값으로 10루블을 주지."

세몬은 겁이 나서 뭐라고 대답해야 좋을지 몰랐다. 그는 미하일을 돌아보고 팔꿈치로 쿡 찌르며 귀엣말로 물었다.

"맡을까?"

미하일은 고개를 끄덕였다.

세몬은 미하일이 하자는 대로 주문을 받기로 했다. 그러자 신사는 젊은이를 불러 왼쪽 신을 벗기라고 하며 발을 내밀었다.

"발을 재게!"

세몬은 종이를 바닥에 깐 다음 무릎을 꿇었다. 그리고 신사의 양말에 때를 묻히지 않으려고 앞치마에 손을 잘 문지른 다음 치수를 재기 시작했다. 이어 붙인 종이를 이용해 발바닥을 재고, 발등 높이를 쟀다. 그리고 종아리를 재려고 하는데 종이의 양쪽 끝이 닿지 않았다. 신사의 종아리가 너무 굵어 종이가 모자랐던 것이다.

"이봐, 종아리 부분을 좁게 하면 안 돼."

세몬은 다시 종이를 이어 붙였다.

신사는 가만히 앉아 발가락을 꼬물거리며 방 안에 있는 사람들을 둘러보았다. 그러다가 미하일을 보고 물었다.

"저 사람은 누군가?"

"우리 집 직공인데, 그가 나리의 구두를 만들 겁니다."

"이봐, 잘 들어 둬. 1년은 끄떡없도록 만들어야 해."

세몬도 미하일을 돌아보았다. 미하일은 신사를 보지 않고 허공을 바라보고 있다가 갑자기 빙그레 미소 지었다.

"바보 녀석, 왜 웃는 거야? 기한 내에 만들도록 정신이나 바짝 차려."

그러자 미하일이 말했다.

"필요할 때까지 만들어 놓겠습니다."

"좋아."

신사는 장화를 신고 문 쪽으로 갔다. 그러나 깜빡 잊고 허리를 굽히지 않아 문설주에 머리를 부딪쳤다. 신사는 욕을 퍼붓고 머리를 문지르며 마차를 타고 떠났다.

신사가 떠나자, 세몬이 말했다.

"차돌같이 단단한 사람이군. 몽둥이로 후려쳐도 안 죽겠어. 머리를 그토록 세게 부딪쳤는데도 별로 아프지 않은가 봐."

마트료나가 말했다.

"남부러울 거 없이 호사스럽게 사는데 어찌 살이 안 붙겠어요. 귀신도 저렇게 튼튼한 사람 앞에게는 꼼짝 못할 거예요."

7

세몬이 미하일에게 말했다.

"일은 맡았지만 우리에게 불행한 일이 없어야 할 텐데. 가죽은 비싸고 주인은 저리 신경질적이니까 말이야. 실수를 하지 말아야 할 텐데. 자네는 나보다 눈이 밝고 솜씨도 좋으니까 발 잰 것을 자네에게 맡기겠네. 가죽을 재단하도록 하게. 나는 겉가죽을 꿰매도록 하지."

미하일은 주인의 말대로 신사의 가죽을 받아들고 테이블 위에 두 겹으로 포개 놓은 다음 칼을 들고 자르기 시작했다.

마트료나는 미하일 곁으로 가서 그가 재단하는 것을 보

고 깜짝 놀랐다. 장화 모양과 달리 엉뚱하게 재단하고 있었기 때문이다. 남편이 장화 만드는 것을 여러 차례 보아 왔는데 미하일은 세몬과 달리 가죽을 둥글게 자르고 있었다.

마트료나는 한마디 하려다 생각했다.

'내가 잘못 알아들었는지도 몰라. 나보다 미하일이 더 잘 알고 있을 테니 참견하지 말자.'

미하일은 가죽을 자르고 실로 꿰매기 시작했다. 그러나 장화가 아닌 슬리퍼를 꿰맬 때처럼 실을 한 겹으로 꿰매고 있었다. 마트료나는 그것을 보고 또 깜짝 놀랐으나 역시 참견하지 않았다.

점심때가 되어 세몬이 자리에서 일어나다 보니, 미하일은 신사의 가죽으로 슬리퍼를 한 켤레 만들어 놓고 있었다.

세몬은 한숨을 내쉬었다.

'이게 어찌 된 일인가. 지난 1년 동안 한 번도 실수를 한 적이 없는 미하일이 하필이면 지금 실수를 하다니. 나리는 굽이 달린 장화를 주문했는데 평평한 슬리퍼를 만들어 놓았으니 가죽을 버리지 않았나. 이걸 어떻게 물어 주지? 이런 가죽은 구할 수도 없는데.'

세몬은 미하일에게 말했다.

"자네, 무슨 짓인가! 내 복을 자르려고 그래? 장화를 주분

했는데 자네는 무엇을 만들어 놓았는가?"

세몬이 계속 말하려는데 쿵쿵 거리는 소리가 나더니 누군가 문을 두드렸다. 문을 열고 들어온 사람은 바로 아까 그 남자의 하인이었다.

"안녕하십니까?"

"안녕하시오. 그런데 무슨 볼일로 왔나요?"

"그 장화 때문에 주인마님의 심부름을 왔습니다."

"뭐요, 장화 때문에?"

"장화는 이제 필요 없게 되었습니다. 나리는 돌아가셨으니까요."

"아니, 뭐라고요?"

"집으로 가시던 도중 마차에서 돌아가셨어요. 마차가 집에 도착해 보니 나리는 이미 세상을 떠난 송장이 되어 쓰러져 계셨던 겁니다. 간신히 끌어내렸지요. 아무튼 주인마님께서 아까 주문한 장화는 그만두고 슬리퍼를 만들어 오라고 하셨습니다. 죽은 사람이 신는 슬리퍼요. 어서 만들어 주십시오. 기다렸다가 완성되는 대로 빨리 가져 오라고 하셨습니다."

미하일은 남은 가죽을 둘둘 말았다. 그리고 이미 만들어 놓은 슬리퍼를 하인에게 내주었다.

8

다시 1년이 지나고 2년이 지나, 미하일이 세몬의 집에 온 지 6년이 되었다. 그는 전과 다름없는 생활을 하고 있었다. 아무 데도 나가지 않고 쓸데없는 말을 하지 않았으며, 그 동안 두 번밖에는 웃지 않았다. 한 번은 이 집에 처음 오던 날 마트료나가 저녁 식사를 준비할 때였고, 또 한 번은 죽은 신사가 구두를 맞추러 왔을 때였다.

세몬은 미하일을 아주 좋아했다. 그래서 이제는 그가 어디서 왔는지 더 이상 물어 보지 않았고 혹시 어디로 가 버리지나 않을지 노심초사했다.

어느 날 온 가족이 집에 모여 있었다. 마트료나는 난로에 냄비를 올려놓고 요리를 하고 있었으며, 아이는 행복한 표정으로 놀고 있었다. 세몬은 창가에 앉아 구두를 깁고, 미하일은 다른 창가에서 굽을 붙이고 있었다.

그때 세몬의 아들이 미하일의 곁으로 와서 그의 어깨를 짚고 창밖을 내다보며 말했다.

"아저씨, 저것 좀 봐요. 가겟집 아줌마가 딸들을 데리고 우리 집으로 오고 있어요. 한 아이는 절름발이예요."

미하일은 하던 일을 멈추고 창문 쪽으로 고개를 돌려 밖을 내다보았다.

세몬은 깜짝 놀랐다. 한 번도 바깥일에 관심을 보이지 않던 그가 창문에 얼굴을 바싹 갖다 붙이고 무엇을 열심히 바라보았기 때문이다.

세몬도 창밖을 내다보았다. 한 여인이 자기 집 쪽으로 오고 있었다. 옷을 말쑥하게 차려 입은 여인은 털외투에 숄을 두른 두 여자아이의 손을 잡고 있었다. 여자아이들은 얼굴이 똑같아 누가 누군지 분간할 수 없었는데 한 아이가 왼쪽 다리를 저는 것만 달랐다.

여인은 바깥 층계를 올라와 현관 문고리를 잡아당겼다. 문이 열렸다. 여인은 아이들을 먼저 들여보낸 뒤, 자기도 뒤

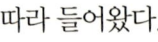 따라 들어왔다.
"안녕하세요."
"어서 오세요. 무슨 일로 오셨는지요?"
여인은 테이블 쪽으로 가서 앉았다. 두 여자아이는 낯선 듯 여인의 무릎에 기댔다.
"이 아이들에게 봄에 신을 구두를 맞춰 주려고요."
"지어 드리지요. 이렇게 작은 구두는 만들어 보지 않았지만 할 수 있습니다. 장식이 달린 것도 만들 수 있고, 안에 철을 대어 만들 수도 있습니다. 우리 집 미하일은 솜씨가 여간 아니지요."
세몬은 미하일을 돌아보았다. 미하일은 하던 일을 멈추고 가만히 앉아 아이들에게서 눈을 떼지 못했다. 두 아이는 아주 귀엽게 생긴 편이었다. 까만 눈동자에 뺨은 통통하고 살굿빛이었다. 그리고 아이들이 입고 있는 외투와 숄도 아주 멋졌다. 하지만 세몬은 미하일이 넋을 잃은 듯 뚫어지게 아이들을 바라보는 것이 이상하기만 했다. 마치 두 아이를 알고 있는 것만 같았다.
세몬은 이상하게 여기면서도 여자와 흥정을 하기 시작했다. 값을 정하고 발을 잴 차례가 되었다. 여자는 절름발이 아이를 무릎에 앉히며 말했다.

"이 아이 발을 기준으로 하면 돼요. 아픈 발은 한 짝만 짓고, 이쪽은 세 짝을 지어 주세요. 두 아이는 발이 꼭 같거든요. 쌍둥이예요."

세몬은 치수를 재면서 물었다.

"어쩌다 이렇게 됐나요? 정말 귀엽게 생겼는데. 태어나면서부터 발을 저나요?"

"아니에요, 아이의 어머니에게 눌려서 이렇게 됐어요."

그때 마트료나가 끼어들었다.

"그럼, 부인은 이 아이들의 엄마가 아닌가요?"

"나는 이 아이들의 엄마도 친척도 아니랍니다. 전혀 모르는 남인데 둘을 양딸로 삼았지요."

"자기가 낳은 아이도 아닌데 정말 사랑하시는군요!"

"그럴 수밖에 없지요. 내 젖으로 키웠으니까요. 나도 자식이 있었는데 하느님이 데려가셨어요. 내 아이도 그렇지만 이 아이들은 정말 가엾어요."

"이 아이들은 대체 어떤 집 애들인데요?"

9

여인은 이야기를 시작했다.
"6년 전, 이 아이들은 일주일 사이에 고아가 되어 버렸어요. 아버지는 화요일에, 어머니는 금요일에 세상을 떠난 거지요. 이 아이들은 아버지가 돌아가신 지 사흘 만에 태어났고, 어머니는 아이를 낳은 지 하루도 못 되어 죽었어요. 그때 나는 남편과 함께 농사를 지으며 살고 있었지요. 이 아이들의 부모는 옆집에 살던 이웃이었습니다. 아이들의 아버지는 농사꾼이었는데 어느 날 숲속에서 일하다가 나무에 깔려 바로 집으로 옮기긴 했으나 곧 세상을 떠나 버렸지요. 그리고 사흘 뒤 그의 아내는 쌍둥이를 낳았어요. 바로 이 아이들이었지요. 워낙 가난하고 외톨이인지라 그녀에게는 도와줄 사람이 아무도 없었답니다. 한마디로 혼자서 낳고 혼자서 죽어 간 거지요. 아무튼 나는 다음날 아침에 궁금해서 그 집에 들렀어요. 그랬더니 가엾게도 여인은 숨이 끊어져 있었는데 안타깝게 이 아이를 깔고 죽었더군요. 그래서 아이는 한쪽 다리를 못 쓰게 된 거지요. 그리고 마을 사람들이 모여 죽은 사람을 깨끗이 씻겨 옷을 입히고 장례를 지내 주었어요. 모두 착한 사람들이었지요. 결국 두 갓난아이만 남게 되었는데 어디로 보낼 데가 없었어요. 마을 여자들 중에 젖먹이가 있는 것은 나 혼자뿐이었습니다. 그때 나는 낳은 지 8주밖에 안 된 첫아들에게 젖을 먹이고 있었지요. 그래서 내가 임시로 이 아이들을 맡게 되었습니다. 그러나 나는 성한 아이에게만 젖을 주고 다리를 저는 이 아이에게는 주지 않을 생각이었습니다. 이 아이는 도저히 살아날 가망이 없는 것처럼 보였거든요. 하지만 곧 생각을 바꿨습니다. 천사 같은 어린 영혼이 죽어야 할 이유는 전혀 없다는 생각이 들었기 때문이었지요. 그렇게 해서 나는 내 아이와 두 아이, 이렇게 세 아이에게 젖을 먹여 키웠습니다. 그때만 해도 나는 젊고 힘이 센 데다 잘 먹었으니까요. 하느님 덕분에 젖은 철철 넘쳐흘렀습니다. 두 아이가 한꺼번에 젖을 빨고 한 아이는 기다렸지요. 그 가운데 한 아이가 젖꼭지를 놓으면 기다리던 아이에게 젖을 주었답니다. 그런데 이 두 아이는 무럭무럭 자랐으나 내 아이는 두 살이 되던 해에 죽어 버렸어요. 그리고 하느님은 제게 다시 자식을 주지 않으셨습니다. 이후 재산은 점점 불어났습니다. 지금은 이 마을의 방앗간에서 일하고 있지요. 생활은 넉넉합니다. 이 두 아이가 없다면 나 혼자 무슨 재미로 살아가겠어요. 그러니 이 아이들을 사랑할 수밖에요. 이 아이들은 내게 촛불과도 같아요."

여인은 한 손으로 절름발이 아이를 안고, 또 한 손으로는 뺨에 흐르는 눈물을 닦았다.

마트료나는 한숨을 내쉬며 말했다.

"부모 없이는 살아가도 하느님 없이는 살아갈 수 없다는 말이 정말인 것 같아요."

그리고 잠시 이야기를 주고받은 뒤, 여인은 일어났다.

세몬과 마트료나는 여인을 전송하며 미하일 쪽을 돌아보았다. 그는 무릎 위에 두 손을 얹고 앉아 천장을 바라보며 의미심장한 미소를 지으며 빙그레 웃고 있었다.

10

 세몬은 미하일 곁으로 가서 왜 그러느냐고 물었다. 그러자 미하일은 의자에서 일어나 일감을 놓고 앞치마를 벗은 다음 그들에게 말했다.

"용서하십시오. 하느님께서도 용서하셨으니 두 분도 용서해 주시기 바랍니다."

세몬과 마트료나는 미하일 몸에서 광채가 나는 것을 보았다. 세몬은 일어나 미하일에게 말했다.

"미하일, 나도 알고 있네. 자네가 보통 사람이 아니라는 것과 붙잡을 수도, 그 이유를 물어 볼 수도 없다는 것을. 하지만 하나만 대답해 주게. 내가 자네를 보고 데려왔을 때 자네는 우울한 얼굴을 하고 있다가 아내가 저녁 식사를 차려 주자 빙그레 웃었는데 그 까닭이 무엇인가. 또 그 뒤 나리가 장화를 주문했을 때 자네는 다시 빙그레 웃으면서 또 밝은 표정을 지었었지? 그리고 지금 여인이 두 아이들을 데리고 왔을 때, 자네는 세 번째로 웃었네. 그리고 자네한테 밝은 빛이 나는 것처럼 보이는데 왜 그런가? 말해 주게, 미하일. 어째서 자네 몸에서 빛이 나며, 왜 세 번밖에 웃지 않았는지."

"내 몸에서 빛이 나는 것은 내가 하느님의 벌을 받고 있다가 용서를 받았기 때문입니다. 또 내가 세 번밖에 웃지 않은 것은 하느님의 세 가지 말씀을 깨달아야만 했기 때문입니다. 이제 나는 그 세 가지 말씀을 깨닫게 되었습니다. 첫 번째 말씀은 주인마님께서 나를 가엾게 생각하셨을 때 깨달았습니다. 그래서 처음으로 웃었습니다. 또 두 번째 말씀은 부자 나리께서 장화를 주문했을 때 깨닫게 되었습니다. 그래서 두 번째로 웃었습니다. 마지막 세 번째 말씀은 방금 두 여자아이를 보고 깨닫게 되었습니다. 그래서 세 번째로 웃었습니다."

세몬이 다시 물었다.

"자네는 무슨 죄로 하느님의 벌을 받았으며, 그 세 가지

말씀은 무엇인가?'

미하일이 대답했다.

"내가 벌을 받은 것은 하느님의 말씀을 따르지 않았기 때문입니다. 나는 하늘나라 천사였는데 하느님의 말씀을 어겼습니다. 하루는 하느님께서 한 여인의 영혼을 빼앗아 오라고 분부하셨습니다. 그래서 세상에 내려와 보니 그 여인은 쓰러져 누워 있었습니다. 쌍둥이 딸을 낳은 직후였는데 갓난아기는 엄마 곁에서 꿈틀거리고 있었으나 엄마는 젖을 줄 힘이 없었습니다. 여인은 나를 보자 울면서 말했습니다.

'천사님! 내 남편은 숲에서 나무에 깔려 며칠 전에 죽었습니다. 내게는 이 아이들을 키워 줄 친척이 한 명도 없습니다. 제발 이 아이들이 클 때까지 내 손으로 키우도록 저를 살려 주십시오. 아이들은 부모 없이는 살 수 없습니다!'

나는 그 말을 듣고 한 아이에게 젖을 물려주고, 한 아이는 그 여인의 팔에 안겨 준 뒤 하늘로 올라갔습니다. 그리고 하느님 곁으로 가서 말했습니다.

'저는 그 영혼을 데려올 수 없었습니다. 남편은 나무에 깔려 죽고, 여자는 방금 쌍둥이를 낳아 자기 영혼을 거두어 가지 말아 달라고 빌었습니다. 아이들이 클 때까지 자기 손으로 키우게 해달라

고, 아이들은 부모 없이는 살 수 없다면서 말입니다. 그래서 저는 영혼을 데려오지 못했습니다.'

그러자 하느님께서는 말씀하셨습니다.

'다시 가서 그 영혼을 데려오너라. 그러면 세 가지 말의 뜻을 알게 되리라. 첫째, 사람의 마음속에는 무엇이 있는가? 둘째, 사람에게 주어지지 않은 것은 무엇인가? 셋째, 사람은 무엇으로 사는가? 이 세 가지를 알게 될 것이다. 그리고 이 세 가지를 알게 되면 다시 하늘나라로 돌아오너라.'

나는 다시 세상으로 내려와 산모의 영혼을 빼앗았습니다. 갓난아이들은 여인의 가슴에서 떨어졌습니다. 그리고 그 여인의 시체가 침대 위에 뒹굴며 한 아이를 짓누르는 바람에 아이의 한쪽 다리를 못 쓰게 만들었습니다. 어쩔 수 없이 나는 여인의 영혼을 데리고 하느님에게로 올라가야만 했습니다. 그런데 그때 마침 바람이 세게 휘몰아치면서 내 날개를 꺾어 버리고 말았습니다. 그래서 그 여인의 영혼만 하느님께로 가고 나는 땅 위에 떨어져 길바닥에 누워 있었던 것입니다."

11

세몬과 마트료나는 자기들과 함께 지낸 사람이 누구인지 알게 되자 기쁨과 두려움으로 눈물이 났다.

천사는 이야기를 계속했다.

"나는 홀로 벌거숭이가 된 채 들판에 버려져 있었습니다. 그때까지 나는 인간의 부자유와 추위, 굶주림에 대해 전혀 알지 못했습니다. 그런데 갑자기 인간이 되었고, 그제야 추위와 배고픔에 대해 알게 되었습니다. 하지만 어떻게 해야 좋을지 몰랐지요. 그러다 나는 들판 가운데서 하느님의 교회를 발견하고 몸을 피해 그리로 갔습니다. 교회는 잠겨 있

어 안으로 들어갈 수 없었습니다. 날이 저물자 나는 더욱 춥고 배가 고팠습니다. 온몸이 쑤셔 오고 정신이 없었습니다. 그런데 그때 어떤 사람이 구두를 신고 걸어오면서 혼자 중얼거리는 소리가 들려 왔습니다. 내가 사람이 되어 처음으로 본 사람은 송장과 같은 얼굴을 하고 있었습니다. 나는 너무나 무서워 얼굴을 돌리고 말았습니다.

그 사나이는 이 추운 겨울에 자기 몸을 감쌀 옷과 처자식을 먹여 살리려면 어떻게 해야 하느냐고 혼자 중얼거리고 있었습니다. 그때 나는 이렇게 생각했습니다. 나는 춥고 배가 고파 죽을 지경이다. 그런데 저기 오는 사람은 어떻게 하면 자기가 걸칠 외투와 가족이 먹을 빵을 마련할까 하는 생각만 하고 있다. 저 사람은 나를 도와 줄 수 없는 처지가 분명하다.

그 사람은 나를 보자 얼굴을 찌푸리고 더욱 무서운 얼굴이 되어 지나가 버렸습니다. 나는 절망했습니다. 그런데 갑자기 그 사람이 되돌아오는 소리가 들렸습니다. 쳐다보니 좀 전에 본 그 사람이 아닌 것 같았습니다. 좀 전까지 죽음의 그림자가 드리워져 있던 얼굴에 갑자기 생기가 돌았습니다. 나는 그 얼굴에서 하느님의 모습을 보았습니다.

그 사람은 내 곁으로 다가와 자기가 입고 있던 옷을 벗어서 입혀 주고 집으로 데려갔습니다. 집에 닿자 한 여자가 나와 말했습니다. 그 여인은 남자보다 한층 더 무서운 얼굴을 하고 있었습니다. 그녀는 나를 추운 밖으로 몰아내려고 했습니다. 지금에서야 말이지만 그때 만일 나를 내쫓았다면 그녀도 죽고 말았을 겁니다. 하지만 남편이 하느님의 이야기를 하자 그녀의 태도가 바뀌었습니다. 그녀는 우리에게 저녁을 차려 주고는 나를 쳐다보았습니다. 나도 그녀를 쳐다보았지요. 그 여인의 얼굴에서는 생기가 돌고 있었습니다. 처음 봤을 때의 무섭고 그늘진 얼굴이 아니었습니다. 나는 그 얼굴에서 하느님의 모습을 보았습니다.

그리고 그때 나는 '사람의 마음속에 있는 것이 무엇인지 알게 되리라.'는 하느님의 첫 말씀을 생각했습니다. 나는 사람의 마음속에 있는 것이 사랑이라는 것을 알았습니다. 나는 하느님이 내게 약속하신 것을 깨우쳐 주셨다는 생각에 너무나 기뻐서 처음으로 빙그레 웃었던 것입니다.

그러나 하느님의 나머지 두 말씀은 알 수 없었습니다. 사람에게 주어지지 않은 것은 무엇인가? 사람은 무엇으로 사는가? 이 말씀을 깨닫지 못했습니다. 그렇게 1년을 보냈지요. 그러던 어느 날 한 사나이가 와서 1년 동안 닳지도 터지지도 않는 장화를 만들어 달라고 했습니다. 나는 그 사람 등 뒤에 내 친구였던 죽음의 천사가 서있는 모습을 보았습니다. 나 말고는 아무도 그 천사를 못 보았지만, 그날이 저물기 전에 남자의 영혼이 그를 떠나리라는 것을 알았습니다. 그래서 나는 생각했습니다. 이 사람은 1년 신어도 끄떡없는 장화를 주문하고 있지만 오늘 저녁 안으로 죽는다는 것을 모른다. 그때 나는 '사람에게 주어지지 않은 것은 무엇인가'라는 하느님의 두 번째 말씀을 생각했습니다.

사람의 마음속에 무엇이 있는지 이미 알았고, 이번엔 사람에게 주어지지 않은 것이 무엇인지 또 깨닫게 되었던 겁니다. 사람은 자기에게 진정 필요한 것이 무엇인지 알 수 있는 능력이 주어지지 않았던 것입니다. 그래서 나는 두 번째로 빙그레 웃었습니다. 친구였던 천사를 만난 것도 기뻤으나 하느님께서 두 번째 말씀을 깨우쳐 주신 것이 더 기뻤습니다.

그러나 나는 나머지 한 말씀은 깨닫지 못했습니다. 사람은 무엇으로 사는지를 깨닫지 못했던 겁니다. 나는 계속 여기에 머물면서 하느님께서 마지막 말씀을 깨우쳐 주실 때를 기다렸습니다. 6년이 흐른 어느 날, 한 여인이 쌍둥이 여자아이를 데리고 왔습니다. 나는 그때 예전 그 쌍둥이 아이들이 죽지 않고 살아 있다는 것을 알았습니다. 그래서 생각했습니다. 자식을 키우게 해달라는 그 어머니의 말을 들었을 때 나는 부모 없는 아이들이 자랄 수 없을 거라고 생각했는데 이렇게 성장해 있지 않은가. 그리고 아이를 맡아 기른 여인이 남의 자식을 가엾게 여기고 눈물을 흘렸을 때 그 속에서 살아 계신 하느님의 모습을 보고, 사람은 무엇으로 사는지 깨닫게 되었습니다. 하느님께서 내게 마지막 말씀을 깨우쳐 주시고 나를 용서해 주신 것을 알았을 때 나는 세 번째로 웃었던 겁니다."

12

 천사의 몸은 벌거숭이가 되었고 온몸이 빛으로 둘러싸여 똑바로 쳐다볼 수 없었다. 그는 더 큰 소리로 말했는데 그 소리는 그의 입에서 나오는 게 아니라 하늘에서 울려 퍼지는 것 같았다.

 "모든 사람은 사랑으로 살아간다는 것을 알게 되었습니다. 내가 사람이 되었을 때 살아남은 것은 나 때문이 아니라 길 가던 사람과 그 아내의 마음에 사랑이 있어 나를 가엾게 여기고 보살펴 주었기 때문입니다. 이처럼 모든 사람은 자기 자신의 노력이나 걱정에 의해서가 아니라 사랑으로 살아가고 있습니다. 하느님은 사람들에게 생명을 주셔서 살아

가도록 하지만 그들이 서로 떨어져 사는 것을 바라지는 않습니다. 사람들이 서로 어우러져 사랑으로 살아가길 바라십니다. 그래서 무엇이 필요한지 예견할 수 있는 능력을 주시 않으신 것입니다. 사람들이 자신들의 노력과 걱정으로 인해 살아간다는 것은 그들의 생각일 뿐, 실은 사랑에 의해 살아가고 있습니다. 사랑으로 살아가는 사람은 하느님 안에 사는 사람이며, 하느님도 그 사람 안에 계십니다. 하느님은 곧 사랑이기 때문입니다."

말을 마친 천사의 몸에서는 광채가 더욱 빛을 발했고, 천사는 하느님께 찬송을 드리기 시작했다. 그러더니 갑자기 집이 흔들리고 천장이 갈라지며 불기둥이 치솟아 올랐다. 세몬과 마트료나와 아이는 땅바닥에 엎드렸다. 그러자 천사의 등에서 날개가 돋았고 천사는 날개를 활짝 펼치고 하늘로 올라갔다.

세몬이 다시 정신을 차려보니 집은 전과 다름없이 멀쩡했고, 집 안에는 그들 가족 외에는 아무도 없었다.

 사람에게는 얼마나 많은 땅이 필요한가

도시에 사는 언니가 시골에 사는 동생을 찾아왔다. 언니는 장사꾼에게 시집가서 도시에 살고, 동생은 농부에게 시집가서 시골에 살고 있었다.

차를 마시며 언니와 동생은 이야기를 나누었다. 언니는 도시에서 자신이 얼마나 넓고 깨끗한 집에서 살며, 아이들이 얼마나 멋진 옷과 음식을 먹는지 자랑했다. 그리고 마차를 타고 놀러 다니고 극장으로 영화 구경을 다니느라 시간이 모자라다고 거들먹거리기에 여념이 없었다. 이에 동생도 화가 나서 장사꾼을 업신여기며 농촌 생활이 얼마나 안정적인지 자랑했다.

"나는 우리 생활을 언니네 생활과 바꿀 생각이 없어. 호화롭지는 않지만 걱정은 없지. 언니네 생활은 우리보다 조금 호화롭기는 하겠지만 크게 벌든가 아주 망하든가 둘 중에 하나잖아? '손해는 이익의 형님'이라는 속담이 있어. '오늘의 부자가 내일 남의 집 처마 밑에 선다.'는 말도 있고. 거기에 비하면 우리네 농사일은 그럴 걱정이 없지. 큰 부자는 못 되더라도 배고픈 일은 없을 테니까."

그러자 언니가 말했다.

"배만 고프지 않으면 뭘 해. 돼지처럼 살면서! 좋은 옷을 입을 수 있나, 훌륭한 사람을 사귈 수 있나. 아무리 뼈 빠지게 일해도 어차피 거름 속에서 살다가 인생이 끝날 거야. 네 아이들도 마찬가지고."

"그러면 어때? 그 대신 우리 생활은 흔들림이 없어. 누구에게 머리를 숙일 필요도 없고 두려워할 필요도 없지. 도시에서는 모두 유혹 속에 살아가고 있잖아. 오늘은 좋지만 내일은 어떤 악마에게 홀릴지 모르는 일이야. 형부도 언제 노름에 미칠지, 술독에 빠질지 모른다고. 그땐 모든 게 끝장이지. 그렇잖아?"

동생의 남편 파흠은 난롯가에서 여자들의 이야기를 듣고 있다가 한마디 거들었다.

"옳은 말이야. 우리는 어릴 때부터 땅을 파먹고 살아와서 바보 같은 생각은 하지 않아요. 한 가지 안타까운 건 땅이 모자라다는 거지만 땅만 많다면 세상에 무서울 일이 없지요. 악마도!"

여자들은 차를 다 마시고 나서 잠시 동안 옷에 대한 이야기를 하다가 찻잔을 치운 다음 잠자리에 들었다.

그런데 악마란 놈이 난로 뒤에 숨어서 이들의 말을 다 엿들었다. 악마는 농부가 아내의 말에 맞장구치며 우쭐해하는 게 아주 반가웠다. 땅만 있으면 악마도 무섭지 않다는 농부의 말에 악마는 생각했다.

'좋아, 한번 겨뤄 보자. 내가 땅으로 너를 꼼짝 못하게 하겠다.'

마을에는 한 여지주가 약 130제사치나(미터법 시행 이전의 러시아 토지 면적 단위로 1제사치나는 1.092헥타르)의 땅과 머슴들을 거느리고 살고 있었다. 이 여지주는 지금까지 농민들과 사이좋게 지냈으며 그들을 천대하는 일이 없었다. 그런데 얼마 전 군에서 제대한 사나이가 관리인으로 들어오면서부터 걸핏하면 농민에게 벌금을 물리고 괴롭혔다.

파흠이 아무리 조심을 해도 말이 지주의 귀리 밭에 뛰어들었고, 암소는 마당으로, 송아지는 풀밭으로 자꾸만 들어갔다. 그리고 그럴 때마다 파흠은 벌금을 물어야만 했다. 벌

 금을 물 때마다 파흠은 식구를에게 화풀이를 하곤 했다. 그 관리인 때문에 파흠은 여름 동안 많은 죄를 지었다. 시간이 흘러 가축을 우리 속에 가두는 계절이 되자 마음이 놓였다. 먹이는 아까웠지만 걱정거리가 없어졌기 때문이었다.

그 해 겨울, 소문이 돌았다. 여지주가 땅을 팔려고 내놓았는데 여관집 주인이 땅을 사려고 한다는 소문이었다. 그 소문을 듣고 농부들은 한숨을 내쉬었다.

'만일 여관집 주인 손에 땅이 넘어가게 되면 그놈은 여지주보다 더 많은 벌금을 매겨 우리를 괴롭힐 거야. 하지만 땅이 없이 살아갈 방법은 없다. 우리는 모두 그 부근에서 농사를 짓고 있으니까.'

농부들은 떼를 지어 여지주를 찾아가 땅을 여관 주인에게 팔지 말고 자기들한테 넘기라고 사정했다. 여관 주인보다 돈을 더 많이 쳐 주겠다고 했다. 이에 여지주는 그렇게 하겠다고 했다. 이렇게 해서 농부들은 공동으로 땅을 사기로 하고 의견을 조율했다. 하지만 좀처럼 의견이 모아지지 않았다. 악마가 훼방을 놓았기 때문에 의견을 통일할 수 없었던 것이다. 그래서 농부들은 저마다 자기 형편대로 땅을 사기로 했고, 여지주도 수락했다.

파홈은 옆집 농부가 여지주에게 20제사치나의 땅을 샀는데, 돈을 절반만 주고 나머지 절반은 1년 뒤에 주기로 했다는 말을 들었다. 파홈은 부러웠다.

'사람들이 땅을 다 사 버리면 나는 아무것도 없게 되잖아.'

그는 아내와 의논했다.

"모두 땅을 사는데 우리도 10제사치나 정도는 사야 하지 않겠소? 안 그러면 살아갈 수 없어. 관리인이 벌금으로 다 가져가 버렸으니까."

부부는 어떻게 하면 땅을 살 수 있을지 궁리했다. 그들에게는 저금한 돈이 100루블쯤 있었다. 그래서 망아지 한 마리와 벌꿀을 팔고, 아들을 머슴으로 보낸 뒤 언니네 집에서 빚을 얻었다.

어느 정도 돈을 마련한 파홈은 작은 숲이 있는 15제사치나의 땅을 골라 놓고 여지주의 집을 찾아갔다. 땅값을 정하고 계약서를 작성하고 계약금을 치렀다. 돈은 땅값의 절반 정도밖에 안 되었기 때문에 나머지 절반은 2년 안에 치르기로 계약했다.

이로서 파홈은 땅을 소유하게 되었다. 파홈은 씨앗을 빌어 새로 산 땅에 뿌리고 열심히 농사를 지었다. 그 결과 농

사는 풍년이 들었고, 1년 만에 나머지 땅값과 빚을 다 갚을 수 있게 되었다. 파흠은 진짜 땅 주인이 된 것이다. 자신의 명의로 된 땅을 갈아 씨앗을 뿌리고, 풀을 베고, 땔감을 베고, 가축을 길렀다. 모든 것을 자신의 땅에서 하게 된 파흠은 기뻐서 어쩔 줄 몰랐다. 일이 전혀 힘들지 않았고 오히려 흥이 났다. 풀 한 포기, 꽃 한 송이도 다른 집 것들과는 완전히 다른 것처럼 보였다. 전에도 수없이 지나다닌 땅이지만 자신의 땅이 된 지금의 그 땅은 아주 특별한 것으로 생각되었다.

3

 파흠은 행복했다. 다른 사람들이 파흠의 곡식과 풀밭을 짓밟지만 않았다면 모든 일은 그저 꿈만 같았을 것이다. 사람들은 파흠의 행복을 방해했다. 풀밭에 소를 풀어 놓고, 말을 밭에 들어가도록 그냥 내버려두었다. 그래도 파흠은 내쫓기만 하고 용서해 주었으며 한 번도 신고하지 않았다. 오히려 때로는 점잖게 부탁했다. 그러나 아무 소용이 없었다. 상황은 날이 갈수록 더욱 심각해졌고, 더 이상 참을 수 없게 된 파흠은 경찰에 신고했다. 땅이 좁기 때문에 어쩔 수 없이 그런 일이 발생한다는 것을 알고 있었지만 달리 방법이 없다고 생각했다.

'이대로 내버려 둘 수 없다. 이러다간 사람들이 우리 땅을 다 망쳐 버릴 거야. 따끔한 맛을 보여줘야 해.'

파흠은 재판을 통해 두 사람에게 벌금을 물게 했다. 그러자 이웃 사람들은 파흠을 원망하며 일부러 밭을 짓밟기도 했다. 어떤 사람은 밤중에 숲 속으로 숨어 들어가 10그루의 보리수나무의 껍질을 벗기고 모조리 베어 버렸다.

숲을 지나던 파흠은 무언가 하얀 것을 발견했다. 가까이 가보니 껍질이 벗겨진 보리수나무가 여기저기 흩어져 있었으며, 잘린 밑동이 튀어나와 있었다. 가장자리의 것을 베어 버리든가 한 그루만이라도 남겨 두었으면 좋으련만 악당들은 모조리 베어 버렸던 것이다.

파흠은 화가 났다.

'어떻게 해서든 이놈을 찾아 복수를 해야 해!'

그는 누가 그런 짓을 했을지 곰곰이 생각해 보았다.

'그래, 이건 셈카의 짓이 틀림없어.'

파흠은 셈카의 마당으로 가서 증거를 찾아보려고 했으나 아무것도 없어 말다툼만 하고 돌아왔다. 하지만 파흠은 시간이 갈수록 셈카가 범인일 것이라고 확신했다. 결국 그는 신고했고 두 사람은 법원의 부름을 받았다. 몇 차례 조사를 받았으나 셈카는 무죄 판결을 받았다. 증거가 없었기 때문이었다. 이에 파흠은 더욱더 화가 치밀어 이웃 사람들과 재판관을 욕하며 싸웠다.

"도둑의 편을 들다니, 만약 당신들이 바른 생활을 한다면 도둑을 무죄로 풀어 주지는 않을 겁니다."

파흠은 이웃과 재판관을 상대로 싸웠다. 마을 사람들은 파흠의 집에 불을 지르겠다고 위협했다. 파흠은 넓은 땅을 가졌으나 좁은 세상에서 살게 된 것이다.

때마침 마을에는 소문이 돌았는데 농부들이 새로운 마을로 이사를 간다는 소문이었다. 파흠은 생각했다.

'나는 내 땅을 떠날 이유가 없어. 우리 마을에서 누가 떠난다면 나는 더 넓은 땅을 가질 수 있겠군. 그들의 땅을 사들여 이 일대를 내 땅으로 만들자. 그렇게 되면 생활도 지금보다 한결 나아지겠지. 지금은 너무 좁아.'

그 즈음 농부 한 사람이 파흠을 찾아왔다. 파흠은 나그네와 이야기를 나누다가 어디서 왔느냐고 물었다. 그러자 나그네는 볼가 강 저편에서 왔으며, 거기서 일했다고 했다. 나그네는 많은 사람들이 그리로 옮겨 온다고 띄엄띄엄 말했다. 그리고 사람들이 거기로 옮겨 와서 마을 조합에 들게 되면 한 사람 앞에 10제사치나의 땅을 나눠 준다는 말도 했다.

"그런데 땅이 얼마나 기름진지 호밀을 심으면 말이 보이지 않을 정도고, 다섯 줌만 모아도 한 다발이 될 만큼 밀알이 많이 열리죠. 어떤 농부는 빈손으로 이사 왔는데 지금은 말 여섯 마리와 암소 두 마리를 갖게 되었답니다."

파흠은 가슴이 뛰었다.

'그렇게 잘 살 수 있다면 좁은 데서 구차하게 살 필요가 없지. 여기의 집과 땅을 팔아 그 돈으로 거기 가서 풍요롭게 살자. 여기처럼 좁은 곳에서 살다가는 죄만 지을 뿐이야. 아무튼 내 눈으로 직접 보고 와야지.'

여름이 되자 파흠은 길을 떠났다. 배를 타고 볼가 강을 건넌 뒤 400베르스타(베르스타는 미터법 시행 이전의 거리 단위로 1베르스타는 1.067킬로미터)는 걸어서 갔다. 마침내 목적지에 이르렀는데 모든 게 들은 그대로였다. 농부들은 한 사람 앞에 10제사치나의 땅을 받아 여유 있게 살고 있었다. 그리고 아무나 조합에서 받아 주었다. 돈 가진 사람은 나누어 주는 땅 말고도 좋은 땅을 싼 가격에 얼마든지 살 수 있었다.

여러 가지 사정을 살핀 파흠은 집으로 돌아와 서둘러 이것저것 다 팔아치웠다. 땅은 샀던 가격보다 더 비싼 가격으로 이익을 남기고 팔았다. 그런 다음 마을 조합에서 탈퇴한 뒤 봄이 되길 기다렸다가 가족과 새로운 마을로 이사했다.

4

가족을 데리고 이사 온 파흠은 마을 노인에게 술을 대접하고 모든 서류를 갖추어 조합에 들었다. 그래서 땅을 배당받았는데 한 사람 앞에 10제사치나씩, 5명 가족 앞으로 50제사치나를 받았다. 땅은 여러 군데 흩어져 있었으나 풀밭을 빼고도 50제사치나가 넘었다. 파흠은 집을 짓고 가축을 사들였다. 그의 땅은 예전 마을의 땅보다 세 배 이상 넓었다. 또 곡식이 잘 되는 아주 기름진 땅이었다. 생활도 전에 비해 열 배나 좋아졌다. 농사를 지을 땅 말고도 가축을 먹일 풀밭도 얼마든지 얻을 수 있었다. 다시 말해 가축을 마음대로 키울 수 있었던 것이다.

 처음에 집을 짓고 가축을 사들이는 동안은 기분이 좋았으나, 어느 정도 자리가 잡히자 파흠은 이 땅도 좁다는 생각이 들었다. 첫해에 파흠은 밭에 밀을 심었는데 농사가 아주 잘 되었다. 그래서 다음 해에는 밀을 더 심으려고 했으나 땅이 모자랐다. 밀농사에 적합한 땅이 모자랐던 것이다. 결국 파흠은 한 장사꾼을 찾아가 1년 동안 땅을 빌리기로 했다. 그래서 더 많은 밀을 심었고 농사도 아주 잘 되었다. 그러나 그 땅은 마을에서 15베르스타나 떨어져 있었다.

가까운 곳에는 장사를 하면서 농사를 같이 짓는 사람들의 농장이 많이 있었다.

'만일 땅을 영원히 내 것으로 만들어 농사를 지을 수 있다면 얼마나 좋을까. 그러면 이 마을에서 더 이상 부러울 게 없을 텐데.'

파흠은 어떻게 해서든 그 땅을 자신의 것으로 만들어야겠다고 생각했다. 그렇게 3년이 흘렀다. 그 동안 파흠은 계속 땅을 빌려서 밀농사를 지었다. 농사는 해마다 풍년이어서 돈도 어느 정도 모으게 되었다. 생활은 그것으로 충분했지만 파흠은 해마다 다른 사람에게 땅을 빌리기 위해 쩔쩔매는 게 지겨웠다. 어디서 좋은 땅이 나왔다는 소문이 돌면 사람들이 벌떼처럼 몰려들어 그 땅을 빌리기 위해 온갖 방법을 다 동원했는데 파흠은 그것이 진절머리 나게 싫었다.

파흠은 생각했다.

'내 땅이 더 있다면 남에게 머리를 숙일 필요도 없을 텐데.'

파흠은 영원히 자기 땅으로 사 들일 땅이 없는지 두루 알아보다 마침내 한 농부를 찾아냈다. 그 농부는 500제사치나의 땅을 가졌는데 망해서 헐값에 내놓았다. 파흠은 그 사람과 흥정을 해서 그 땅을 1,500루블에 사기로 하고 모자른 땅값은 나중에 지불하기로 했다.

흥정이 끝나갈 무렵, 길 가던 장사치가 먹을 것을 좀 달라며 파흠의 집에 들렀다. 두 사람은 차를 마시며 잠시 이야기를 나누었는데 장사꾼은 멀리 바쉬키르에서 오는 길이라고 말했다. 그는 바쉬키르 사람들로부터 5,000제사치나의 땅을 산 이야기를 했다. 놀라운 것은 땅값이 1,000루블이라는 사실이었다. 파흠이 자세히 묻자 장사꾼은 대답했다.

"노인들의 기분만 잘 맞춰 주면 됩니다. 나는 100루블로 옷과 양탄자를 사서 마음껏 나눠 주고 차와 술을 극진히 대접했습니다. 그래서 1제사치나에 20코페이카씩 주고 땅을 샀지요."

 장사꾼은 땅문서를 보여 주었다.

"그 땅은 냇물을 끼고 있으며, 모두 억새풀로 뒤덮인 초원이랍니다. 너무 넓어서 1년을 걸어도 다 돌지 못할 정도지요. 모두 바쉬키르 사람들의 땅이었는데 그 사람들은 양같이 순해서 거의 공짜로 땅을 살 수 있습니다."

파흠은 생각했다.

'그렇다면 500제사치나의 땅을 빚까지 얻어 1,500루블을 주고 살 필요가 있을까. 그곳에 가면 1,000루블에도 얼마든지 더 많은 땅을 살 수 있는데!'

5

파흄은 바쉬키르로 가는 길을 자세히 물어 나그네가 간 다음 떠날 준비를 했다. 집안일은 아내에게 맡기고 하인 하나만 데리고 길을 떠났다. 파흄은 가는 길에 나그네가 말한 대로 차 한 상자와 술, 그리고 여러 가지 선물을 샀다. 그리고 500베르스타쯤 갔다.

1주일쯤 걸려 그는 바쉬키르 사람들이 가축을 기르며 사는 땅에 이르렀다. 모든 것이 그 장사꾼의 말과 같았다. 그들은 냇물이 흐르는 초원에 천막을 치고 살았다. 초원에서는 소와 말들이 떼지어 돌아다녔고 천막 뒤에는 망아지들이 매어져 있었다.

그 사람들은 말의 젖을 삭혀 술을 만들고 그것을 휘저어 치즈를 만들었다. 남자들은 술과 차를 마시고 양고기를 먹으며 피리나 불 뿐이었다. 모두 살이 찌고 여름에는 그저 놀기만 했다. 사람들은 러시아 말을 할 줄 몰랐으나 친절했다.

  파흠을 보자, 바쉬키르 사람들은 천막에서 나와 손님을 에워쌌다. 파흠은 땅을 사러 왔다고 말했고 러시아 말을 할 줄 아는 사람이 나와 통역을 해주었다. 바쉬키르 사람들은 몹시 기뻐하며 파흠을 가장 좋은 천막으로 안내했다. 양탄자 위에 깃털 방석을 놓고 자리를 권하며 차와 우유, 술을 대접했다. 양고기 요리도 대접했다. 파흠은 선물을 꺼내 바쉬키르 사람들에게 나눠 주었다. 차도 나눠 주었다.

  그 사람들은 몹시 기뻐했다. 자기들끼리 소곤거리더니 통역을 시켜 말했다.

  "우리는 당신이 마음에 듭니다. 우리들 습관에 따라 선물에 대한 답례로 손님을 어떻게든 기쁘게 해드리고 싶습니다. 당신이 우리에게 좋은 선물을 주셨으니 우리들이 가지고 있는 것 가운데 마음에 드는 것이 있으면 말씀하십시오. 선물로 드리겠습니다."

  "내 마음에 드는 것은 당신들 땅입니다. 내가 사는 곳은 좁은 데다 너무 오래 곡식을 심어 이제는 땅이 좋지 못합니다. 헌데 여기 땅은 정말 기름집니다. 이토록 좋은 땅은 아직까지 보지 못했습니다."

바쉬키르 사람들은 자기들끼리 잠시 이야기를 나누었다. 파흠은 그들 말을 알아들을 수 없었으나 기분 좋은 듯 뭐라고 소리치며 웃고 있었다. 잠시 뒤 그들은 조용해지더니 파흠을 바라보았다.

"당신이 친절을 베풀었으니 얼마든지 땅을 드리겠습니다. 어느 땅이든지 손으로 가리키기만 하십시오. 그러면 당신의 땅이 되는 겁니다."

그 사람들은 다시 자기들끼리 의논하다가 다투기 시작했다. 파흠은 왜 다투느냐고 물어 보았다.

"땅에 관한 문제라면 이장 어른께 물어서 결정해야 한다는 사람과 그럴 필요가 없다는 사람이 있어서 그렇습니다."

6

바쉬키르 사람들이 말다툼을 하고 있는데 여우 털모자를 쓴 사나이가 왔다. 그러자 모두 입을 다물고 자리에서 일어났다.

"이장 어른입니다."

파흠은 일어나 좋은 옷 한 벌과 5파운드짜리 차를 꺼내 주었다. 이장은 그것을 받아 들고 상석에 가서 앉았고, 바쉬키르 사람들은 곧 이장에게 뭐라고 말하기 시작했다. 이장은 그들의 말을 듣고 나서 머리를 끄덕이며 잠자코 있으라는 시늉을 하고 파흠에게 러시아 말로 이야기했다.

"좋습니다. 마음에 드는 걸로 가지시오. 땅은 많으니까요."

파흠은 생각했다.

'원하는 대로 얼마든지 가지라고 하는데 어쩌지? 무엇보다 땅 문제는 확실히 해둘 필요가 있어. 그렇지 않으면 나중에 도로 빼앗아 갈지도 모르니까.'

파흠이 말했다.

"친절한 말씀 고맙습니다. 당신들은 땅을 얼마든지 가지라고 했지만 나는 그렇게 많은 땅이 필요치는 않습니다. 내가 다만 원하는 것은 내 몫으로 주신다는 땅에 대한 문제를 확실히 해주셨으면 하는 것입니다. 얼마의 땅을 주시든 문서로 만들어 주실 수는 없을까요? 여러분은 모두들 좋은 분들이니 제게 땅을 주셨지만 사람 일이란 모르는 거지요. 나중에 당신들의 후계자가 내가 받은 땅을 도로 빼앗아 갈지도 모르지 않겠습니까?"

이장이 말했다.

"옳은 말입니다. 분명히 해드리겠습니다. 우리에게 서기가 있으니까 같이 읍으로 가서 서류에 도장을 찍읍시다."

파흠이 물었다.

"땅값은 얼마로 할까요?"

"여기서는 땅값이 하나로 정해져 있습니다. 하루치에

1,000루블입니다."

파흠은 잘 알아들을 수가 없었다.

"하루치란 대체 얼마를 말하는 겁니까? 그게 몇 제사치나 나 됩니까?"

"우리는 그렇게 잴 줄 모릅니다. 하루에 얼마로 팔지요. 말하자면 하루에 그 사람이 걸은 땅은 모두 그 사람의 소유가 되는 것입니다. 그래서 하루의 땅값은 1,000루블이지요."

파흠은 놀랐다.

"하루 종일 돌아다닌다면 꽤 많은 땅이 되겠는데요."

이장이 웃으며 말했다.

"그렇습니다. 다만 한 가지 조건이 있습니다. 해가 지기 전에 처음 출발한 곳으로 다시 돌아와야만 합니다. 그렇지 않으면 땅을 가질 수 없습니다. 돈도 돌려받지 못하지요."

"그렇다면 내가 돌아다닌 곳을 어떻게 표시하지요?"

"걱정 마십시오. 당신은 삽을 가져가서 필요한 곳에 표시하십시오. 작은 구덩이를 파고 풀이나 나뭇가지를 꽂아 두면 됩니다. 나중에 우리가 함께 따라 가서 당신이 돌아본 곳을 확인할 테니까요. 당신이 표시해 놓은 구덩이 사이를 쟁기질해서 모두 당신 땅으로 드릴 것입니다. 단, 어떻게 돌든 상관없지만 반드시 해가 지기 전에 돌아와야 합니다. 그러면 당신이 돌아온 땅은 모두 당신 것이 됩니다."

파흠은 기뻐 어쩔 줄 몰랐다. 사람들과 다음날 아침 일찍 출발하기로 약속한 뒤 차와 술, 양고기를 마음껏 먹었다. 이윽고 밤이 깊어 바쉬키르 사람들은 파흠에게 깃털 이불을 덮어 주고 자기들도 각자 천막으로 돌아가 잠을 청했다.

7

 파흠은 깃털이불을 덮고 누웠으나 잠이 오지 않았다. 땅 생각이 머릿속에서 떠나지 않았다.

'어떻게든 많은 땅을 차지해야지. 하루 종일 걸으면 50베르스타쯤은 돌 수 있을 거야. 지금은 해가 기니까. 50베르스타면 너비가 얼마나 될까? 그중 나쁜 땅은 팔아 버리거나 다른 사람에게 빌려 주고, 좋은 땅을 골라 그곳에 자리를 잡자. 황소 두 마리와 끌쟁기를 사고, 머슴도 두 사람쯤 써야지. 그리고 50제사치나만 밭을 만들고 나머지는 가축을 치는 목장을 만들자.'

파흠은 뜬눈으로 밤을 새우다 새벽녘에야 겨우 잠들었는

데 잠이 들자마자 꿈을 꾸었다. 꿈속에서도 그는 지금 자신이 잠든 그 천막에서 자고 있었는데 밖에서 누군가 큰 소리로 웃는 소리가 들렸다. 그래서 대체 어떤 사람이 웃는지 알아보려고 나가 보니 바쉬키르의 이장이 천막 앞에 앉아 두 손으로 배를 움켜잡고 뒹굴어 가며 웃고 있었다. 그런데 자세히 보니 그 사람은 이장이 아니라 파흠에게 바쉬키르 이야기를 해준 그 장사치로 보였다. 그래서 당신은 여기 언제 왔냐고 물으려고 했는데 이번에는 또 볼가 강 저편에서 왔던 사람으로 보였다. 파흠은 눈을 비비고 자세히 살펴보았다. 그랬더니 그것은 사람이 아니라 뿔과 발톱이 길게 자란 악마였다. 악마는 앉아서 웃고 있었고, 그 앞에 셔츠와 바지를 입은 어떤 사나이가 누워 있었다. 이것은 또 누군가 하고 파흠은 자세히 살펴보았다. 누워 있는 사나이는 이미 죽어 있었으며, 그것은 다름 아닌 바로 자기 자신이었다.

파흠은 깜짝 놀라 잠에서 깼다.

'뭐야, 꿈이 아닌가?'

파흠은 주위를 둘러보았다. 열린 문 쪽으로 뿌옇게 날이 밝아 오고 있었다.

'사람들을 깨워야지, 떠날 시간이야.'

파흠은 일어나 머슴을 깨워 마차에 말을 매게 한 다음 바쉬키르 사람들을 깨우러 갔다.

"시간이 됐습니다. 출발해야지요."

바쉬키르 사람들이 하나씩 모여들었고, 이장도 왔다. 바쉬키르 사람들은 파흠에게 차를 대접하려 했으나, 파흠은 늦기 전에 빨리 가자고 재촉했다.

8

바쉬키르 사람들은 떠날 채비를 모두 마쳤다. 어떤 사람은 말을 타고, 어떤 사람은 마차를 타고 떠났다. 파흠은 머슴과 함께 마차를 탔다. 초원에 이르자 해가 떠오를 시간이 가까워 왔다. 바쉬키르 말로 '쉬한'이라는 언덕 위로 올라갔다. 사람들은 말과 마차에서 내려 한데 모였다. 이장이 파흠 곁으로 와서 한 손으로 가리켰다.

"여기 보이는 게 다 우리 땅입니다. 아무 것이나 골라잡으시오."

파흠의 눈은 이글이글 타올랐다. 땅은 온통 억새풀로 뒤

덮인 데다 손바닥처럼 반듯하고 기름져 보였
다.

이장은 여우털모자를 벗어 땅 위에 놓으며 말했다.

"저 아래 초원에서 출발해서 한 바퀴 돌아오십시오. 구덩이는 네 군데를 파서 표시하십시오. 그러면 그 안의 땅은 모두 당신 것이 됩니다."

파흠은 1,000루블을 꺼내 모자 위에 놓고 웃옷을 벗은 다음 허리끈을 단단히 매었다. 그리고 빵 주머니를 품속에 넣고 술병을 허리끈에 찬 다음 장화를 신고, 삽을 들었다.

파흠은 초원으로 내려가 어느 쪽으로 가면 좋을까 생각했다. 그러나 어디로 가든 좋았다.

'어디로 가도 좋은 땅이라면 해 뜨는 쪽으로 가자.'

해 뜨는 쪽을 향해 제자리걸음을 하며 파흠은 해가 떠오르기를 기다렸다.

'조금이라도 시간을 헛되이 보내서는 안 되지.'

파흠은 저쪽 땅 끝에서 해가 떠오르자 삽을 어깨에 메고 비장한 표정으로 출발했다. 파흠은 일단 보통 걸음으로 걸었다. 그리고 1베르스타쯤 가서 걸음을 멈추고 작은 구덩이를 판 뒤 가능한 눈에 잘 띄게 풀 몇 포기를 묻었다. 그리고는 또 걸어갔다. 발걸음은 점점 더 빨라졌다. 파흠은 이제 5

베르스타쯤 걸었을 거라고 생각했다. 차츰 힘들어지기 시작했고 파흠은 더위에 조끼를 벗어 어깨에 걸치고 앞으로 나아갔다. 다시 5베르스타쯤 갔고 날은 점점 더 더워졌다. 해를 보니 벌써 아침 먹을 시간이었다.

'하루에 네 구덩이를 파게 되어 있으니 아직 옆으로 꺾어지기에는 이르겠지. 장화는 벗고 가야겠다.'

파흠은 앉아서 장화를 벗어 허리끈에 매고 또 걷기 시작했다. 한결 걷기가 수월했다.

'5베르스타만 더 걷자. 그리고 왼쪽으로 꺾어지도록 하자. 땅이 너무 좋아 그냥 버리고 가기 아깝구나. 갈수록 땅이 좋아.'

파흠은 계속 곧바로 걸어갔다. 돌아보니 언덕은 아득히 멀고 사람들은 개미처럼 까맣게 보였으며 무언가 희미하게 반짝이는 것 같았다.

'이쪽은 이만 하면 충분하다. 이젠 옆으로 꺾어지자. 땀을 흘렸더니 목이 마르군.'

파흠은 걸음을 멈추었다. 그리고 구덩이를 좀 더 크게 파서 풀을 넣고 묻었다. 그리고는 허리춤의 물통을 끌러 물을 마신 다음 황급히 왼쪽으로 돌아 걸었다. 걸을수록 몹시 더

웠다.

파흠은 지쳤다. 해를 보니 점심때였다.

'자, 좀 쉬어가자.'

파흠은 걸음을 멈추고 앉았다. 그러나 빵과 물을 마셨을 뿐 눕지는 않았다. 누우면 잠이 들 것만 같았다. 그래서 잠깐 앉았다가 다시 걷기 시작했다. 배를 채워서인지 어느 정도 기운이 났다. 하지만 더위가 점점 심해지자 졸음이 몰려왔다. 그렇다고 걸음을 멈출 수는 없었다. 조금만 참으면 평생을 편히 살 수 있다고 생각했다.

얼마 후 파흠은 다시 구덩이를 파고 왼쪽으로 길을 꺾어 걸으려고 했다. 그런데 앞에 아주 기름져 보이는 좋은 땅이 눈에 들어왔다. 그냥 버리고 가기가 아까웠다.

'저 땅을 놓칠 수는 없지.'

파흠은 다시 앞으로 걸어갔다. 그리고 기름진 땅을 지나 구덩이를 파서 모퉁이를 만들고 다시 왼쪽으로 몸을 돌려 걸었다.

'이번 길은 좀 짧게 돌아야겠군. 시간이 촉박할 것 같아.'

파흠은 걸음을 재촉했다. 해를 보니 한나절이 훨씬 넘었는데 세 번째 길에서는 2베르스타 정도밖에 걷지 못했다.

출발할 때는 정사각형의 땅을 만들겠다고 생각했다. 시간을 4등분해서 곧장 앞을 향해 걷고 구덩이를 판 뒤 또 그만큼 걷는 방법으로 정사각형의 땅을 만들 예정이었다. 하지만 처음과 두 번째 길에서 너무 시간을 지체했다.

'네모반듯한 땅 모양을 만들지 못해도 이젠 출발 지점으로 돌아가야겠다. 잘못 하다가는 해가 지기 전에 돌아가지 못할 수도 있어. 땅은 이만하면 충분하다고.'

파흠은 얼른 구덩이를 파고 출발점으로 향했다.

9

 파흠은 처음 출발한 곳을 향해 곧바로 걸었다. 힘이 들었다. 온몸이 땀투성이가 되고 맨발은 찢기고 긁혀 제대로 걸을 수가 없었다. 좀 쉬고 싶었지만 그럴 수가 없었다. 해가 지기 전에 돌아가야만 했기 때문이다. 해는 자꾸만 서쪽으로 기울었다.

'아, 실패한 게 아닐까? 땅을 너무 많이 차지한 게 아닐까? 만약 제 시간에 가지 못하면 어떡하지?'

초조한 마음에 파흠은 자꾸 기우는 해를 보며 쉬지 않고 걸었다. 힘들었으나 걸음을 재촉했다. 그러다 그는 달리기 시작했다. 조끼도 장화도 물통도 모자도 다 던져 버리고 오

직 삽만 들고 뛰었다.

 '아, 욕심이 너무 지나쳤구나. 이젠 다 틀렸어. 해가 지기 전에 못 갈 것 같아.'

 그러자 더욱 무서운 생각이 들어 숨까지 막혀 왔다. 파흠은 미친 듯이 달렸다. 셔츠와 바지는 땀에 젖어 착 달라붙고 입 안이 바싹 말랐다. 가슴은 심하게 두방망이질 했고, 다리는 휘청거렸다.

'이러다 너무 힘들어 쓰러지면 어쩌지? 숨이 끊어질 수도 있겠어.'

파흠은 무서웠다. 하지만 그렇다고 멈출 수는 없었다.

'죽을 고생을 하며 여기까지 달려왔는데, 이제 와서 그만둔다면 사람들이 바보라고 비웃겠지.'

파흠은 달리고 또 달렸다. 출발점에 가까이 왔을 때 사람 목소리가 들렸다. 빨리 오라고 재촉하는 바쉬키르 사람들의 목소리였다. 그 소리에 그의 가슴은 더욱 뜨거워졌다. 파흠은 마지막 힘을 다해 달렸다. 출발점이 눈앞에 보였으나 해는 이미 기울고 있었다.

사람들이 손을 흔들며 빨리 오라고 재촉하는 모습, 이장의 모자와 그 위의 돈도 보였다. 그리고 땅에 앉아 두 손으로 배를 움켜잡고 웃고 있는 이장의 모습도 보였다.

파흠은 어젯밤의 꿈을 떠올렸다.

'땅은 많이 얻었으나 하느님이 거기에 살게 해주실까? 아, 내가 화를 자초했구나! 아무래도 출발점에 닿지 못할 것 같다.'

마침내 출발점에 이르렀을 때 갑자기 날이 어두워졌다. 돌아보니 해는 이미 져 버리고 말았다.

'아! 모든 노력이 헛일이 되고 말았구나.'

그가 걸음을 멈추려는데, 언덕 위에서 바쉬키르 사람들이 뭐라고 떠들어 대는 소리가 들려 왔다.

'여기 초원의 출발점에서 보면 해가 진 것으로 보이지만, 언덕 위에서 보면 아직 다 지지 않았는지도 몰라.'

파흠은 용기를 내어 언덕 위로 달려 올라갔다. 언덕 위는 아직 밝았다. 그런데 모자 앞에서 이장이 두 손으로 배를 움켜쥐고 큰 소리로 웃고 있었다. 파흠은 어젯밤 꿈을 떠올리며 "아!" 하고 소리치며 쓰러졌다.

"정말 잘 해냈소. 이제 많은 땅을 갖게 되었소."

머슴이 달려가 파흠을 일으켜 세우려 했다. 그러나 그의 입에서 피가 흐르고 있었다. 숨이 끊어져 버린 것이었다.

바쉬키르 사람들은 혀를 차며 파흠의 죽음을 슬퍼했다. 머슴은 삽을 들고 무덤을 판 뒤 파흠을 묻었다. 머리에서 발끝까지 그가 가질 수 있는 땅은 1사젠(미터법 시행 이전의 길이 단위로 1사젠은 2.134미터)밖에 되지 않았다.

 하느님은 진실을 알지만 빨리 말하지 않는다

 블라디미르에 악소노프라는 젊은 상인이 살고 있었다. 그는 여러 채의 가게와 집 한 채를 소유하고 있었다.

악소노프는 갈색 고수머리의 잘생긴 사나이로 블라디미르에서 으뜸가는 호남으로 노래도 잘 불렀다. 그는 술을 좋아해서 젊은 시절에는 거리에서 소란을 피우기도 했으나 결혼한 뒤로는 이따금 한 번씩만 마실 뿐이었다.

어느 여름날, 악소노프는 니즈니 시장으로 떠날 채비를 하고 출발하려 했다. 그러나 아내가 만류했다.

"여보, 오늘은 가지 마세요. 불길한 꿈을 꾸었어요."

악소노프는 웃으며 대답했다.

"당신은 아직도 내가 시장에 가서 술을 마시지 않을까 걱정하고 있구료."

"걱정 되는 일이 무엇인지는 확실히 모르겠어요. 하지만 꿈자리가 좋지 않아요. 글쎄, 꿈에 당신이 외출했다가 돌아와 모자를 벗었는데 머리가 하얗게 세어 있지 않겠어요?"

악소노프는 큰 소리로 웃었다.

"아니, 그건 오히려 돈을 벌게 될 좋은 꿈이오. 자, 두고 보시오. 내가 얼마나 많은 돈을 벌어 좋은 선물을 잔뜩 사오는지."

악소노프는 걱정스런 아내의 얼굴을 뒤로 하고 시장을 향해 출발했다.

중간에 그는 잘 아는 장사꾼을 만났다. 마침 해질 무렵이어서 함께 여인숙에 묵었다. 그들은 차를 마시고 나란히 이어진 각자의 방으로 들어가 침대에 누웠다.

악소노프는 그렇게 잠이 많은 편은 아니었다. 그는 이른 새벽에 길을 떠나는 것이 서늘해서 더 좋을 거라는 생각에 일찍 일어나 마부를 깨워 떠날 채비를 하라고 일렀다. 그리고 뒷방에 있는 주인에게 숙박비를 계산하고 출발했다.

40베르스타쯤 갔을 때 그는 말에게 먹이를 주려고 길가 여인숙 앞에 마차를 멈추고 잠시 쉬었다. 그런데 여인숙으로 방울을 단 세 마리 말이 끄는 마차가 들어오더니 두 병사를 거느린 관리가 내렸다. 그는 악소노프에게로 다가오더니 당신은 무얼 하는 사람이며, 어디서 왔느냐고 물었다.

악소노프는 사실대로 이야기했으나 관리는 계속해서 어젯밤에는 어디서 잤는가, 혼자였는가 아니면 어떤 상인과 함께 자지는 않았는가, 아침에 상인을 보았는가, 어째서 그렇듯 일찍 떠났는가, 하고 이것저것 물었다.

악소노프는 대체 왜 그런 일을 묻는지 궁금해 하면서도 모든 것을 사실대로 다 이야기했다.

"어째서 당신은 내게 그런 여러 가지 일을 묻는 겁니까? 나는 도둑도, 강도도 아닙니다. 장사하기 위해 시장으로 가는 중일 뿐입니다. 그러니 내게 그런 걸 물을 까닭이 없을 텐데요."

그러나 관리는 큰 소리로 말했다.

"나는 경찰서장이다. 네게 이것저것 묻는 까닭은 어젯밤 너와 함께 여인숙에 들어 옆방에서 잔 상인이 목이 잘려 죽었기 때문이다. 먼저 짐들을 살펴보고 네 몸을 뒤져 보아야 겠다."

그러더니 그들은 악소노프의 가방과 자루를 꺼내 뒤지기 시작했다. 그런데 별안간 서장이 자루 속에서 단도 하나를 꺼내 들고 소리쳤다.

"이건 누구 칼이지?"

피 묻은 칼이었다. 악소노프는 깜짝 놀랐다.

"어째서 칼에 피가 묻어 있지?"

악소노프는 대답하려고 했으나 너무 놀라 더듬거렸다.

"나…… 나는 잘 모르겠습니다. 나는 칼…… 나는…… 그건 내 칼이 아닙니다."

서장이 말했다.

"아침에 그 상인에 침대에서 목이 잘려 죽은 채 발견되었다. 너밖에는 아무도 그런 일을 저지를 사람이 없다. 여인숙은 안으로 문이 잠겨 있었고, 집 안에는 너밖에는 아무도 없었으니까. 피 묻은 칼도 네 자루 속에 들어 있고, 게다가 네 얼굴에도 살인자라고 씌어 있어. 자, 바른 대로 말해. 어째서 그 남자를 죽였지? 돈은 얼마나 훔쳤어?"

악소노프는 자기는 그런 짓을 하지 않았으며, 함께 차를 마셨을 뿐 잠자리에 든 후로는 얼굴을 본 일도 없다고 말했다. 또 돈도 집에서 가져온 8,000루블밖에 없으며, 칼도 자기의 것이 아니라고 말한 뒤 하느님에게 맹세까지 했다. 그

러나 그는 새파랗게 질려 말을 더듬거렸고, 온몸을 부들부들 떨고 있었다.

서장은 병사에게 그를 묶어 마차에 태우라고 명령했다. 악소노프는 밧줄에 묶인 채 마차에 태워졌을 때 울음을 터트렸지만 누구 하나 도와주는 사람이 없었다. 악소노프는 모든 소지품과 돈을 빼앗기고 감옥으로 보내졌다.

경찰은 악소노프가 어떤 사람인지 알아보려고 블라디미르로 사람을 보냈다. 블라디미르 사람들은 모두들 악소노프가 젊은 시절에 술을 잘 마시고 놀기를 좋아하기는 했지만 사람됨은 훌륭하다고 입을 모아 말했다.

얼마 뒤, 재판이 시작되었다. 상인을 죽이고 2만 루블을 훔쳤다는 죄로 재판을 받게 된 것이다. 그의 아내는 남편의 일을 안타깝게 여기면서도 어떻게 해야 좋을지 알 수가 없었다. 갓난아이가 딸린 여자가 무슨 일을 할 수 있겠는가.

그녀는 아이들을 데리고 남편이 갇혀 있는 감옥으로 갔다. 처음에는 만나게 해주지 않았으나 간절히 부탁해서 가까스로 남편을 만날 수 있었다. 죄수복을 입고 쇠사슬에 매여 진짜 강도들과 함께 있는 남편을 보았을 때 그녀는 정신을 잃었다. 얼마 후 정신을 차린 그녀는 남편과 마주 앉았다.

남편에게 자초지종을 들은 그녀가 물었다.

"그럼, 어떻게 하면 좋지요?"

"폐하에게 탄원할 수밖에 없소. 죄도 없이 죽을 수는 없잖소?"

아내는 자기가 몇 번이나 폐하에게 탄원했지만 아무 소용이 없었다고 말했다. 그러자 악소노프는 아무 말도 없이 머리를 푹 수그리고 있을 뿐이었다.

아내가 다시 말을 이었다.

"여보, 당신도 기억하겠지요? 내가 그날 아침 당신 머리가 하얗게 세었더라고 했던 꿈 이야기요. 역시 보통 꿈이 아니었던가 봐요. 지금 이렇게 슬픔으로 당신 머리가 하얗게 세었잖아요. 그때 길을 떠나지 말았어야 하는 건데 그랬어요."

그녀는 남편의 머리칼을 쓸어 올리며 덧붙였다.

"여보, 내게만은 솔직히 말해 줘요. 정말 그것은 당신이 한 일이 아니지요?"

"그럼, 당신까지 나를 의심한단 말이오?"

악소노프 두 손으로 얼굴을 가리고 눈물을 흘렸다. 그런데 병사가 와서 그녀에게 아이들을 데리고 그만 가라고 말했다. 결국 악소노프와 가족은 마지막 이별을 나누고 헤어졌다.

아내가 떠난 뒤, 악소노프는 아내마저 자신을 의심한 것을 생각하고 스스로에게 말했다.

'역시 하느님 말고는 아무도 진실을 알아주는 사람이 없구나. 이제는 오로지 하느님에게 기도 드리며 자비를 베풀어 주시기를 기다리는 수밖에 없어.'

그 뒤부터 악소노프는 탄원서를 내지도, 달리 희망을 갖지도 않고 오로지 하느님에게 기도만 드렸다.

악소노프는 태형을 받고 강제노동이 선고되어 다른 죄수들과 함께 시베리아로 가게 되었다. 악소노프는 시베리아에서 26년이나 징역을 살며 강제노동을 했다. 그의 머리는 눈처럼 하얗게 세었으며, 길고 가느다란 수염이 턱을 완전히 뒤덮었다. 타고난 명랑한 성격도 완전히 사라져 버렸고, 나이가 들어 허리도 구부정해졌으며 걸음걸이도 얌전해졌다. 말도 거의 하지 않고 웃지도 않았으며, 오직 하느님에게 기도만 드릴 뿐이었다.

감옥에서 악소노프는 구두 만드는 기술을 배웠다. 그것으로 받은 품삯으로 성인들의 이야기를 엮은 「순고전」을 사서 읽었다. 축제일에는 성당에 나가 「사도행전」을 읽고 성가대에서 찬송가를 부르기도 했다. 그의 목소리는 여전히 아름다웠다.

 이렇게 모범적인 생활을 한 덕분에 형무소 관리들은 악소노프를 좋아했으며, 죄수들도 그를 존경하여 '할아버지'나 '하느님의 사도'라고 불렀다. 감옥에서 죄수들이 관리들에게 의견을 전할 일이 있으면 언제나 악소노프를 대표로 보냈으며, 싸움이 일면 언제나 악소노프가 잘못을 가려 주기를 바랐다.

 한편 그의 집에서는 아무런 소식이 없었다. 그는 아내와 아이들의 생사조차 확인할 수 없었다.

 그러던 어느 날 감옥에 새로운 죄수들이 들어왔다. 밤이 되자 기존 재소자들은 새로 들어온 사람들에게 어디에서 왔으며, 무슨 죄를 지어 들어오게 되었는지 물었다. 악소노프는 침대 옆에 앉아 잠자코 그들의 이야기에 귀를 기울였다.

 그들 가운데는 60세쯤 되어 보이는 노인이 한 사람이 있었다. 키가 크고 체격이 좋은 사람으로 짧은 잿빛 수염을 기르고 있었다. 그는 자기가 붙잡혀 온 까닭을 말했다.

 "나는 참으로 억울한 일 때문에 여기로 끌려오게 되었소. 말을 마차에서 풀고 있는데 사람들이 달려와 나를 도둑이라고 몰아세웠소. 나는 마부는 내 친구고, 그를 돕는 중이라고 말했지요. 하지만 사람들은 믿지 않고 내가 훔쳤다고 하더군요. 내가 어디서 무엇을 훔쳤는지도 잘 모르면서 말이오. 하기는 여러 가지 일이 많았으니 벌써 여기에 왔어야 할 몸이지만. 전에도 시베리아에 온 적이 있지만 오래 있지는 않았지요."

죄수 한 사람이 물었다.

"그런데 당신은 어디서 왔소?"

"나는 블라디미르에서 왔소. 거기서 장사를 하고 있지요. 내 이름은 마카르요. 사람들은 나를 존경하여 세묘노프라고 불렀지요."

그때까지 잠자코 듣고 있던 악소노프가 별안간 입을 열었다.

"세묘노프 씨, 당신은 블라디미르에서 악소노프라는 상인의 집안에 대해 혹시 들은 적이 있소?"

"들었고말고요! 돈 많은 상인이었지요. 그런데 악소노프는 지금 억울한 죄로 시베리아에 가 있지요. 아마 그도 우리 같은 죄인 신세일 거요. 그런데 당신은 무슨 일로 여기 끌려 왔소?"

악소노프는 자신의 불행한 과거에 대해 이러쿵저러쿵 떠

들고 싶지 않았다.

"죄를 짓고 들어왔지요. 벌써 26년이나 죗값을 치르고 있소."

"대체 무슨 죄를 지었소?"

그러자 다른 재소자들이 대신 악소노프의 사연을 들려주었다. 그들은 여인숙에서 누군가가 장사꾼을 죽인 뒤 그 칼을 악소노프의 자루 속에 넣었으며, 그 때문에 억울하게 감옥살이를 하게 되었다고 말했다.

이야기가 끝나자 세묘노프는 악소노프를 흘끗 바라보며 두 손으로 무릎을 탁 치며 말했다.

"정말 이상한 일이군! 이상한 일이야! 당신도 늙었구료!"

그러자 재소자들이 왜 그러느냐, 어디서 악소노프를 만난 적이 있느냐고 묻기 시작했다. 그러나 세묘노프는 대답하지 않았다. 그는 다만 이렇게 말할 뿐이었다.

"묘한 일이야. 여러분, 사람이란 어디서 어떻게 다시 만날지 모르는 거라오!"

악소노프는 혹시 이 사나이가 장사꾼을 죽인 범인에 대해 뭔가 알고 있지 않을까 여겨졌다.

"저, 세묘노프 씨, 당신은 그때 그 사건에 대해 무슨 이야기를 들었소? 아니면 어니선가 나를 본

적이라도 있소?"

"듣고말고요! 그 소문은 세상에 쫙 퍼졌으니까요. 하지만 그 사건은 오래 전 일이라 지금은 모두 잊어버렸소."

"혹 그 장사꾼을 죽인 사람이 누구라는 말을 듣지 못했소?"

세묘노프는 큰 소리로 웃으며 대답했다.

"사람들은 자루 속에서 범행에 사용된 칼이 나왔으니 그 자루 임자가 바로 범인이라고 말합니다. 만일 다른 사람이 당신의 자루에 칼을 넣었다고 하더라도 그 사람이 잡히지 않는다면 그는 범인이 아닌 거지요. 그리고 그 자루는 분명히 당신의 머리맡에 있었는데 범인이 칼을 자루에 집어넣을 때 왜 아무 소리도 듣지 못했나요?"

악소노프는 이 녀석이 바로 범인이라고 직감했다.

그날 밤 악소노프는 잠을 이룰 수가 없었다. 그는 울적한 기분에 잠겨 여러 가지 지난 일들을 생각했다. 시장으로 떠나는 자신을 배웅하던 아내의 얼굴이 떠올랐고, 자신을 걱정하며 만류하던 아내의 목소리가 들리는 것 같았다. 어린 자식들의 모습도 눈앞에 선연했다. 그리고 젊고 명랑했던 자신의 옛 모습도 떠올랐다. 또 여인숙 층계에 앉아 기타를

치며 유쾌한 기분으로 노래하던 일, 거기서 체포된 일도 생각났다. 형을 선고받고 매를 맞던 곳이며, 교도소 관리, 죄수들 그리고 26년 동안의 감옥살이와 현재 자신의 모습이 하나씩 눈앞을 스쳤다. 그러자 견딜 수 없는 우울함이 덮쳐와 그는 당장 죽어 버리고 싶은 마음마저 들었다.

그는 생각했다.

'이 모든 것이 그놈 때문이야.'

그는 세묘노프에 대한 복수심에 몸을 떨었다. 어떻게 해서든 원수를 갚아야겠다는 생각이 들었다. 그는 뜬눈으로 밤을 새우며 계속 하느님께 기도드렸지만 도저히 마음을 가라앉힐 수가 없었다.

다음날 아침, 그는 되도록 세묘노프 곁으로 가까이 가지 않으려 했으며 또 그를 바라보지도 않았다. 이렇게 2주가 지났다. 밤마다 악소노프는 잠을 이루지 못했으며 어찌해야 좋을지 모를 만큼 울적한 기분에 사로잡혔다.

그러던 어느 날, 그는 이리저리 감방 안을 거닐다가 침대 밑에 흙이 떨어져 있는 것을 보았다. 악소노프는 자세히 보려고 허리를 굽혔다. 그러자 갑자기 침대 밑에서 세묘노프가 튀어나왔다. 악소노프는 깜짝 놀랐지만 못 본 체하고 지나치려고 했다. 그러

나 세묘노프가 악소노프의 팔을 잡으며 말했다.

"침대 밑으로 땅굴을 파고 있소. 파낸 흙은 날마다 장화 속에 넣어 밖으로 가지고 나가 작업장에 버리지요. 그러니 당신은 아무 말 마시오. 그러면 도망칠 때 당신을 함께 데리고 가겠소. 만일 당신이 간수에게 일러바친다면 나는 흠씬 두들겨 맞겠지. 하지만 명심해 둘 것은 그 전에 먼저 당신이 죽게 될 거란 사실이오."

악소노프는 화가 치밀어 온몸을 부들부들 떨며 세묘노프의 손을 뿌리쳤다.

"나는 탈출할 필요도 없고, 또 당신도 나를 죽일 필요는 없소. 당신은 이미 옛날에 나를 죽여 버렸으니까. 내가 이 일을 간수에게 말하든 말든 그건 하느님이 하실 일이오."

다음 날, 죄수들이 작업장에서 한창 일을 하고 있을 때 병사들은 세묘노프가 몰래 버린 흙을 발견하고는 감방 안을 살폈다. 그리고 간수장이 죄수들에게 누가 구멍을 팠는지 다그쳐 물었다. 그러나 죄수들은 아무도 입을 열려고 하지 않았다. 세묘노프의 보복이 두려웠기 때문이었다.

간수장은 정직한 악소노프는 사실대로 말해 줄 것이라는 생각에 그를 찾아가 물었다.

"악소노프, 당신은 정직한 사람이오. 하느님 앞이라 생각하고 내게 말해 주지 않겠소? 누구 짓이오?"

세묘노프는 태연한 얼굴로 간수장을 바라보고 있을 뿐 악소노프 쪽은 거들떠보지도 않았다. 악소노프는 두 손과 입술을 부들부들 떨며 한참 동안 아무 말도 하지 않았다.

'이 악당 놈을 감싸 줘야 하나? 이 녀석이 내 일생을 망쳐 버렸는데 나는 왜 이 녀석 편을 들어 줘야 한단 말인가? 내가 받은 고통을 주어 마땅하다. 저놈이 한 짓이라고 말하면 틀림없이 죽을 만큼 매를 맞을 것이다. 하지만 내 생각이 틀렸다면? 저놈이 내게 누명을 씌운 진범이 아니라면 어쩐다? 그리고 저 녀석이 두들겨 맞는다고 해서 내가 얻을 게 뭐가 있단 말인가?

간수장이 다시 한 번 물었다.

"자, 악소노프. 어서 솔직히 말해 주오. 누가 이 구멍을 팠소?"

악소노프는 세묘노프를 잠시 쳐다보고 나서 대답했다.

"저는 아무것도 보지 못했습니다. 누가 그랬는지 모릅니다."

그래서 끝내 구멍을 판 사람은 밝혀지지 않았다.

다음 날 밤, 악소노프가 침대에 누워 막 잠들려고 할 때였다. 누군가가 침대 쪽으로 다가와 발치에 걸터앉는 듯한 소리가 들렸다. 그는 어둠 속에서도 그것이 세묘노픈 임을 알 수 있었다.

악소노프가 물었다.

"아직도 내게 무슨 볼 일이 남아 있소? 거기서 뭘 하는 거요?"

세묘노프는 아무 말도 하지 않았다. 그래서 악소노프는 벌떡 일어나 말했다.

"무슨 일로 왔느냐고 묻지 않소? 어서 돌아가시오! 가지 않으면 간수를 부르겠소."

세묘노프는 악소노프에게 고개를 숙이고 낮은 목소리로 말했다.

"악소노프, 나를 용서해 주오!"

"용서라니? 대체 무슨 말이오?"

"내가 그 장사꾼을 죽이고 칼을 당신 자루 속에 넣었소. 나는 당신까지 죽이려 했으나 밖에서 무슨 소리가 나서 칼을 당신 자루 속에 넣고 창문으로 달아났소."

악소노프는 뭐라고 말해야 좋을지 몰라 잠자코 있었다. 세묘노프는 무릎 꿇고 앉아 바닥에 이마를 대고 말했다.

"악소노프, 부디 나를 용서해 주시오. 당신이 용서해 주기만 하면 그 장사꾼을 죽인 범인이 나였음을 밝히겠소. 그럼, 당신은 지금이라도 돌아갈 수 있을 거요."

"말은 아주 쉽게 할 수 있소. 당신은 그 동안 내가 어떤 고통을 겪었는지 짐작이나 하시오? 이제 와서 내가 어디로 간단 말이오? 아내는 이미 이 세상 사람이 아닐 테고, 아이들은 내 얼굴도 알지 못할 것이오. 내가 어디로 가겠소."

세묘노프는 바닥에 머리를 조아린 채 울음 섞

인 목소리로 말했다.

"악소노프, 부디 나를 용서해 주오. 차라리 그때 잡혔더라면…… 그게 지금 당신 앞에 있는 것보다 훨씬 마음이 편했을 것이오. 이런 몹쓸 인간에게 끝까지 자비를 베풀어 주다니…… 부디 이 죄 많은 몸을 용서하오!"

세묘노프는 울음을 터뜨렸고 악소노프도 눈물을 흘리며 말했다.

"하느님이 당신을 용서하실 것이오."

악소노프는 갑자기 마음이 가벼워졌다.

그 일 이후 악소노프는 집과 가족을 그리워하며 슬퍼하지 않고 다만 남은 생을 어떻게 꾸려 나갈지만 생각했다. 그리고 세묘노프는 악소노프에게 말한 대로 자신이 그 장사꾼을 죽인 범인임을 자백했다. 하지만 악소노프에게 석방 명령이 내려졌을 때는 악소노프가 이미 고인이 된 후였다.

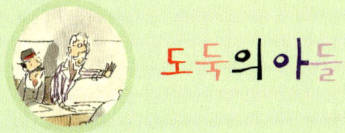 도둑의아들

한 마을에서 재판이 열렸다. 배심원은 귀족과 상인, 농부들로 이루어졌다. 배심원 대표는 마을에서 가장 존경받는 이반 아키모비치 벨프라는 이른 살 된 상인이었다. 그는 평생을 정직하게 살아왔고, 일을 공정하게 처리했으며, 누구를 속이는 일 없이 청렴결백한 것으로 유명했다. 뿐만 아니라 마을 사람들을 도와주는 데도 앞장섰다.

배심원들은 선서를 하고 저마다 자리에 앉았다. 이윽고 한 농부의 집에서 말을 한 마리 훔친 죄로 기소된 말 도둑이 그들 앞으로 끌려나왔다. 그리고 막 재판이 시작되려 할 때,

배심원 대표인 이반 아키모비치가 자리에서 일어나 재판장에게 말했다.

"재판장님, 죄송하지만 나는 재판에 참여할 수가 없습니다."

재판장은 깜짝 놀랐다.

"왜 그러십니까? 무슨 이유라도 있습니까?"

"할 수 없습니다. 나를 물러나게 해주십시오."

이반 아키모비치는 떨리는 목소리로 말하더니 끝내는 그만 울음을 터뜨렸다. 잠시 후 울음을 그치고 마음을 다스린 그가 재판장에게 말했다.

"재판장님, 나는 재판할 수 없습니다. 그건 내가 어쩌면 이 도둑보다 더 나쁜 사람인지도 모르기 때문입니다. 그러니 내가 어떻게 다른 사람을 재판할 수 있겠습니까? 나는 도저히 못하겠으니 부디 나를 물러가게 해주십시오."

재판장은 그를 보낸 후 재판을 진행한 다음 저녁에 그를 집으로 불러 물었다.

"왜 재판하지 않겠다고 하셨습니까?"

"그럴 만한 사정이 있습니다."

이반 아키모비치는 마음을 가다듬고 재판장에게 다음과 같이 말했다.

"당신은 아마도 내가 상인의 아들이며, 당신의 마을에서

태어난 것으로 생각하고 있을 겁니다. 하지만 사실은 그렇지 않습니다. 나는 농부의 아들로, 내 아버지는 상인이 아니라 농부였지요. 농부지만 으뜸가는 도둑이기도 했는데 감옥에서 돌아가셨습니다. 아버지는 착한 사람이었으나 술에 취하면 어머니를 폭행하며 온갖 나쁜 일을 다 저질렀지요.
한번은 아버지가 나를 데리고 도둑질을 하러 간 적이 있는데 그 일이 내게 행복을 가져다주게 되었습니다."

이반 아키모비치는 잠시 말을 멈추고 한숨을 쉬었다.

"사정은 이렇습니다. 나의 아버지는 패거리들과 주막에서 술을 한 잔 하며 어디 좋은 벌이가 없는지 얘기하고 있었지요. 그러다 아버지가 그들에게 말했습니다.

'여보게들, 좋은 수가 있네. 큰길에 있는 벨로프의 창고 말일세. 그 창고 안에는 재물들이 잔뜩 쌓여 있을 걸세. 그러니 어떻게든 그 창고 안으로 들어가기만 하면 크게 한건 할 수 있을 걸세. 그런데 어떻게 들어가느냐, 그게 문제란 말이야. 그 창고에는 조그만 창문이 하나 있는데, 어른은 도저히 들어갈 수 없을 만큼 아주 높고 좁지. 그래서 내가 좋은 방법을 생각해 냈네. 내게 개구쟁이 아들 녀석이 있는데, 아주 날쌔다네.'

바로 나를 두고 하는 말이었지요. 아버지는 계속 말했습니다.

'그러니 우리가 녀석을 밧줄로 묶어 창문으로 들어 올려 주면 되지 않겠나. 그런 다음 아들놈에게 다른 밧줄을 쥐어 주고 그 밧줄에 물건을 묶어서 밖으로 내보내게 하는 거야. 그럼 우린 밧줄을 당겨 물건을 꺼내기만 하면 되는 걸세. 필요한 만큼 물건을 꺼내고 녀석을 다시 끌어내면 돼.'

아버지 말을 들은 패거리들은 대찬성이었습니다. 그래서 모두들 그 아들 녀석을 데려오라고 말했습니다."

이반 아키모비치는 계속해서 말했다.

"아버지는 집으로 돌아와 나를 불러냈습니다. 어머니가 왜 그러느냐고 물었지만 아버지는 그럴 만한 일이 있으니 데려오라고 소리쳤고, 어머니는 큰길에 있다고 대답했지요. 아버지가 다시 가서 불러오라고 고함치자, 어머니는 아버지가 술에 취해 살림살이를 부수지 않는 것만도 다행으로 여기고 나를 불러 아버지에게로 데려갔습니다. 그리고 아버지는 내게 어디든 잘 기어오를 수 있느냐고 물었습니다. 내가 그럴 수 있다고 대답하자, 그럼 따라오라고 하며 앞장섰습니다. 어머니가 말리려고 했지만 아버지가 주먹을 휘두르려고 해서 그만두고 말았습니다.

아버지는 주막에 도착한 뒤 내게 설탕 넣은 커피와 과자를 사준 뒤 저녁까지 든든하게 먹였습니다. 그리고 날이 저물어 길을 떠났습니다. 아버지 말고 세 명이 함께 갔습니다. 창고에 도착

한 그들은 내 허리에 밧줄을 묶고 손에 밧줄 하나를 쥐어 주었습니다. 그리고 나를 창문까지 들어 올린 뒤 그 안으로 들어가도록 했습니다. 창고 안에 내려진 나는 두 손으로 더듬었지만 아무 것도 보이지 않았습니다. 그런데 털가죽 같은 것이 손에 잡히더군요. 그래서 그것을 밧줄 끝에 묶었고, 그들은 밖에서 그것을 끌어 올렸습니다. 아무튼 나는 그렇게 해서 무엇인지 세 뭉치를 밧줄에 묶었습니다. 그런데 더 이상 밖에서 밧줄이 들어오지 않았습니다. 그래서 나는 이제 충분히 훔쳤나 보라고 생각했습니다. 마침내 내가 묶인 밧줄이 당겨졌고, 나는 밧줄을 힘껏 잡았습니다. 그런데 중간쯤 올라가다 그만 아래로 굴러 떨어졌습니다. 나는 밧줄이 끊어진 줄 알았는데 나중에 알고 보니 야경꾼들이 그들을 발견하고 소리쳐 달아나 버렸던 것입니다.

어둠 속에 홀로 버려진 나는 무서워 마구 울었습니다. 그리고 울다 지쳐 그만 잠이 들었습니다. 나중에 잠이 깼을 때는 눈앞에 창고 주인 벨로프 씨와 경관들이 함께 있더군요. 경관은 내게 누구와 함께 왔느냐고 물었고, 나는 아버지와 함께 왔다고 말했습니다. 그러자 네 아버지는 누구냐고 물었습니다. 나는 다시 울음을 터뜨렸지요. 그런데 벨로프 씨가 경관에게 '저 아이에게 아버지 이름을 캐묻는 것은 잘못입니다. 한번 일어난 일은 그것으로 그만입니다.' 하고 말했습니다. 이미 돌아가신 지 오래 되었지만 정말 어질고 따뜻한 분이었습니다. 마님은 그분보다 더 자애로운 분이었고요. 마님은 나에게 여러 가지 선물을 주었습니다. 나는 울음을 그쳤지요. 아시다시피 아이들이란 선물에 약하니까요.

아침이 되자 마님이 내게 집으로 돌아가고 싶으냐고 물었지요. 나는 뭐라고 대답해야 좋을지 몰랐습니다. 고민 끝에 돌아가고 싶다고 말했는데 마님은 거기서 함께 살고 싶지 않냐고 물었습니다. 그래서 나는 그러고 싶다고 했고 마님은 그러라고 했습니다. 결국 나는 집에 돌아가지 않고 그곳에서 함께 살게 되었습니다.

나는 처음에는 잔심부름을 하다가 나중에는 점원이 되었습니다. 열심히 일하자 그분들은 나를 진심으로 대해 주셨습니다. 나중에는 데릴사위로 삼으셨는데 그 무렵 어르신이 돌아가셔서 제가 주인 노릇을 하게 된 것입니다.

나는 이런 사람입니다. 도둑이자 도둑의 아들입니다. 그러니 어떻게 남을 재판할 수 있겠습니까? 재판장님, 이건 다른 얘기지만 사람이 사람을 재판한다는 것이 과연 옳은 일일까요? 그것은 하느님을 믿는 자로서 할 일이 아닙니다. 우리는 모든 사람을 용서하고 사랑해야 합니다. 비록 오늘 그 도둑이 잘못을 저질렀다고 하더라도 벌하지 말고 가엾게 여겨야 하지 않을까요? 예수님의 말씀을 떠올려 보십시오."

이반 아키모비치가 이야기를 마친 뒤 재판장은 생각에 잠겼다. 그러나 과연 사람을 재판하고 벌을 내리는 것이 옳은 일인지 어떤지 판단을 내릴 수 없었다.

에멜리안과 북

머슴살이를 하는 에멜리안은 들판으로 일하러 나가는 길에 개구리 한 마리를 보았다. 그는 하마터면 개구리를 밟을 뻔했으나 가까스로 펄쩍 뛰어넘었다. 그런데 그때 갑자기 누군가가 자신을 부르는 목소리가 들려 왔다. 돌아보니 어여쁜 아가씨가 서 있었다.

"에멜리안, 당신은 왜 결혼하지 않으셔요?"

"나 같은 사람이 어떻게 결혼을 한단 말이오. 가진 게 아무것도 없으니 나에게 시집올 사람이 있겠어요?"

그러자 아가씨가 말했다.

"그렇다면 나를 데려가 주셔요."

 에멜리안은 그 아가씨가 마음에 꼭 들었다.
"나야 두말할 필요도 없이 좋지만, 집도 없는데 어쩌지요?"

"걱정할 것 없어요. 되도록 일을 많이 하고 잠을 적게 자면 어디를 가도 살아갈 수 있을 거예요."

"하긴 그렇소. 그렇다면 결혼합시다."

그러자 아가씨가 말했다.

"우리, 읍에 가서 살아요."

그리하여 에멜리안은 아가씨와 함께 읍으로 갔다. 아가씨는 변두리에 있는 조그만 집으로 그를 데려가서 결혼식을 올리고 새살림을 차렸다.

하루는 왕이 마차를 타고 에멜리안의 집 앞을 지나치게 되었다. 왕은 마침 밖에서 일하고 있던 에멜리안의 아내를 보고 그녀의 아름다운 모습에 넋을 잃었다. 왕은 마차를 멈추게 하고 에멜리안의 아내를 불러 물었다.

"너는 누구냐?"

"농부 에멜리안의 아내입니다."

"그토록 아름다운 네가 어찌 농부의 아내가 되었느냐? 왕비가 될 수도 있었을 텐데."

"고마우신 말씀입니다만, 저는 농부의 아내로 만족하고

있습니다."

왕은 잠시 그녀와 이야기를 주고받은 뒤 왕궁으로 돌아왔다. 그러나 머릿속에는 방금 본 아름다운 여인의 모습이 떠나지 않았다. 왕은 밤새도록 잠을 이루지 못하고 어떻게 하면 농부의 아름다운 아내를 빼앗을 수 있을지만 궁리했다.

마땅한 방법이 떠오르지 않은 왕은 다음 날 신하들을 불러 놓고 좋은 방법을 생각해 내라고 했다. 그러자 얼마 뒤 신하들이 말했다.

"우선 에멜리안을 궁의 일꾼으로 부르심이 좋을 듯합니다. 그러면 저희들이 그 녀석에게 일을 호되게 시켜 못 견디도록 만들겠습니다. 견디다 못해 골병이 들어 죽어 버릴 수도 있고 아니면 그 전에 멀리 도망가 버리지 않겠습니까? 그러면 그 여자는 과부가 되니 그때 차지하면 되실 겁니다."

왕은 에멜리안에게 사람을 보내 궁의 정원에서 일하도록 했다. 또 그의 아내와 함께 궁으로 이사 와서 살도록 했다.

그러나 에멜리안의 아내는 남편에게 다녀오라는 인사를 한 뒤 자신은 집에 남아 있었다. 에멜리안이 궁에 도착했을 때 신하가 그에게 물었다.

"왜 아내를 데려오지 않았는가? 여기 와서

살아도 좋다고 했는데?"

"왜 아내를 데려옵니까? 아내에게도 집이 있는 걸요. 우리는 거기서 살 겁니다."

궁에서는 에멜리안에게 두 사람 몫의 일감을 주었다. 도저히 하루 안에 할 수 있는 일이 아니었다. 에멜리안도 그날 안에 끝내지 못할 거라고 생각했다. 그러나 열심히 하다 보니 날이 저물기도 전에 일을 완전히 끝낼 수 있었다.

신하는 그가 일을 마친 것을 보고 깜짝 놀랐다. 그래서 다음 날에는 네 사람 몫의 일거리를 그에게 맡겨야겠다고 생각했다.

에멜리안은 일을 마치고 집으로 돌아왔다. 집은 깨끗하고 깔끔하게 정리되어 있었으며, 난로에는 훈훈하게 불까지 피워져 있었다. 아내는 식사 준비를 다 마치고 베틀 앞에 앉아 남편이 오기를 기다리고 있었다. 에멜리안은 저녁을 먹으며 아내에게 그날 있었던 일에 대해서 말했다.

"굉장히 힘들었소. 그들은 마치 힘에 부치는 일을 맡겨 나를 지쳐 죽게 할 작정인 것 같소."

"그렇다고 일에 대한 걱정은 하지 마셔요. 얼마쯤 일했을까, 얼마나 남았을까 헤아려 보지 말고 그저 묵묵히 닥치는 대로 일만 하셔요. 그러면 시간 안에 저절로 끝날 거예요."

에멜리안은 일찍 잠자리에 들었다. 그리고 다음 날 또 일하러 궁전으로 갔다. 아내의 말대로 그는 일을 시작한 뒤 한 번도 돌아보지 않고 그저 열심히 했다. 그랬더니 저녁나절이 되기 전에 일이 끝나 버렸다. 에멜리안은 어둡기 전에 집으로 갈 수 있었다.

다음 날도, 그 다음 날도 에멜리안은 일거리가 아무리 많아도 그것을 시간 안에 끝내고 집으로 돌아갔다. 그렇게 1주일이 지났다. 신하들은 이런 노동으로는 에멜리안을 괴롭힐 수 없음을 알아차리고 이번에는 그에게 아주 어려운 일을 맡기기로 했다. 그러나 그것 역시 그를 괴롭힐 수는 없었다. 목수일이든 돌 깎는 일이든 미장일이든 무엇을 시켜도 그는 시간 안에 일을 끝내고 밤이면 아내에게로 돌아가는 것이었다. 그렇게 다시 1주일이 지났다.

"대체 어찌 된 일인가? 벌써 두 주나 지났는데 아무런 효과도 없지 않느냐? 너희들은 에멜리안에게 일을 많이 시켜 못 견디게 한다고 했는데, 내가 창가에서 보니 그자는 날마다 콧노래를 흥얼거리며 집으로 돌아가더구나."

신하들은 어쩔 줄 모르며 변명을 늘어놓았다.

"저희들은 힘든 일을 시켜 지쳐 쓰러지게 만들 작정이었으나 아무 소용이 없었습니다. 그자는 무슨 일을 시켜도 곧 해치워 버리고는 지친 표정 하나 짓지 않습니다. 그래서 아주 어려운 일을 시켜 보았으나 그것도 척척 해냈습니다. 저희들은 두 손 두 발 다 들었습니다. 그래서 이번에야말로 아주 어려운 일을 맡길까 합니다. 그것은 바로 하루 안에 성당을 지으라는 명령입니다. 부디 에멜리안을 부르셔서 명령을 내려 주십시오. 그가 명령을 완수하지 못하면 그때야말로 목을 치도록 하겠습니다."

왕은 심부름꾼을 시켜 에멜리안을 불러 오게 했다.

"에멜리안, 너에게 한 가지 일을 명령하겠다. 내일 해가 지기 전까지 이 궁전 앞 광장에 큰 성당을 하나 짓도록 해라. 완성하면 후한 상을 내리겠지만 그렇지 않을 시에는 큰 벌이 따를 것이다."

에멜리안은 곧장 집으로 발길을 돌렸다. 드디어 인생의 마지막 날이 왔구나 생각하며 집에 돌아와 아내에게 말했다.

"어서 준비를 하시오. 어디로든 달아나야겠소. 그렇지 않으면 아무 죄도 없이 사형을 당하고 말거요."

"달아나다니요? 왜 그렇게 두려워하시지요?"

"어찌 두려워하지 않을 수 있단 말이오.

왕께서 내일 하루 만에 큰 성당을 지어 내라고 하시고는 만일 못 지으면 큰 벌을 내리겠다고 했소. 그러니 지금부터 내가 할 일은 최대한 멀리 도망을 가는 것이오."

하지만 아내는 반대했다.

"왕에게는 군대가 있으니 곧 잡힐 거예요. 달아나 봐야 소용없어요. 그러니 최대한 명령을 따라야만 해요."

"하지만 도저히 불가능한 일을 어떻게 한단 말이오?"

"자, 너무 걱정 마세요. 저녁이나 드시고 일찍 주무세요. 그리고 내일은 다른 날보다 좀 일찍 일어나세요. 그럼, 모든 일이 잘 될 거예요."

다음날 아침 일찍 아내가 그를 깨웠다.

"어서 가서 큰 성당을 짓고 오셔요. 자, 여기 못과 망치가 있어요. 도착하면 거기에는 당신이 오늘 하루 동안 해야 할 일만 남아 있을 거예요."

서둘러 광장으로 간 에멜리안은 깜짝 놀랐다. 과연 아내의 말대로 궁전 앞 광장 한가운데 새로 지은 큰 성당이 서 있었는데 마무리 손질만 필요한 정도였다. 그렇게 해서 에멜리안은 왕의 분부대로 성을 완성시켰다.

왕은 아침에 일어나 새로운 성당을 보고는 어안이 벙벙

했다. 그리고 이리저리 손질을 하러 다니는 에멜리안의 모습이 보이자 분해 견딜 수가 없었다. 이제 에멜리안을 처벌할 구실이 없어져 그의 아내를 빼앗을 수 없었기 때문이었다.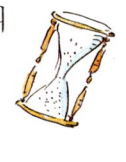

왕은 다시 신하들을 불러 모았다.

"그자는 이번 일도 해냈어. 이래서는 도저히 그자를 처벌할 수가 없으니 더 어려운 일을 생각해 봐라. 그렇지 않으면 그대들의 목이 먼저 떨어져 나갈 것이다."

신하들은 에멜리안에게 성 둘레에 해자(성 주위에 둘러 판 못)를 파게 하자고 왕에게 제의했다. 왕은 에멜리안을 불러 명령했다.

"너는 하루 만에 그런 큰 성당을 지었으니 이번 일도 쉽게 해내리라 믿는다. 마찬가지로 이번 일도 내일 안으로 끝내야 한다. 만일 못 끝내면 네 목이 붙어 있지 못하리라."

에멜리안은 더욱 울상이 되어 집으로 갔다.

"왜 그토록 슬픈 얼굴을 하고 계셔요? 왕께서 당신에게 또 무슨 어려운 일을 분부하셨나 보군요."

에멜리안은 아내에게 자초지종을 이야기했다.

"아무래도 이번에는 꼭 달아나야겠소!"

아내가 말했다.

"어디로 가나 결국은 붙잡힐 거예요. 그러니 역시 명령대로 일을 해내야 해요."

"하지만 어떻게 한단 말이오?"

"어쨌든 아무 걱정 마시고 푹 주무셔요. 그리고 내일도 좀 일찍 일어나세요."

아침이 되자 아내가 그를 깨웠다.

"어서 궁전 쪽으로 나가 보셔요. 모든 것이 다 되어 있을 거예요. 다만 궁전 맞은편 둑에 흙덩이가 좀 남아 있을 테니 이 삽을 가져다 그것을 판판하게 고르기만 하세요."

에멜리안은 집을 나와 궁전 쪽으로 갔다. 역시 아내의 말대로 궁전 둘레에 해자가 파여 있었고, 다만 맞은편 둑에 좀 울퉁불퉁한 데가 있어서 그것을 평평하게 고르기 시작했다.

왕은 해자를 보고 조금도 기뻐하지 않았다. 에멜리안을 처벌할 수 없는 것만이 분해서 견딜 수가 없었다.

'저자한테는 불가능한 일이 아무 것도 없구나. 이 일을 어찌한다?'

왕은 신하들을 불러 모아 다시 궁리했다.

"그대들은 에멜리안이 도저히 못할 일을 생각해 내도록 하라. 우리가 어떤 일을 시켜도 그자는 척척 해치우니 무슨 수로 그자의 아내를 빼앗는단 말이냐?"

신하들은 거듭 궁리한 끝에 묘안을 떠올렸다.

"에멜리안을 불러 어딘지도 모르는 곳에 가서 무엇인지도 모르는 물건을 가져오라고 명령하십시오. 천하의 에멜리안이라고 해도 어찌할 도리가 없을 겁니다. 그가 어디로 가든 폐하가 그곳이 아니라고 하면 되고, 무엇을 가져 오든 폐하가 명령한 물건이 아니라고 하시면 됩니다. 그렇게 하면 그자를 처벌할 수 있을 것입니다."

왕은 크게 기뻐했다.

"이번엔 그대들이 아주 훌륭한 꾀를 생각해 냈구나!"

왕은 다시 에멜리안을 불러 명령을 내렸다.

"어딘지 모르는 곳에 가서 무엇인지 모르는 것을 가져오라. 만일 가져오지 못하면 네 목을 칠 테니 그리 알라."

에멜리안은 집으로 돌아와 아내에게 왕의 명령을 전했다. 아내는 깊은 생각에 잠겼다.

"이것은 당신을 죽이기 위해 신하들이 왕에게 가르쳐 준 게 틀림없어요. 이번에는 정말로 잘 하지 않으면 안 되겠어요."

아내는 생각에 잠겨 있더니 이윽고 남편에게 말했다.

"좀 먼 곳이지만 당신은 어떤 군인의 어머니, 아주 연로하신 할머니에게로 가서 도움을 청하세요. 그분이 어떤 물건을 주거든 곧 궁전으로 가져 오세요. 나도 그곳에 가 있겠어요. 이렇게 된 이상 나도 그 사람들 손에서 벗어날 수 없을 거예요. 그들은 나를 강제로 끌고 갈 거예요. 하지만 그것도 길게 가지는 않을 거예요. 당신이 그 할머니가 시키는 대로 모든 것을 잘 해내신다면 나를 구할 수 있으리라 믿어요."

아내는 남편에게 자루와 물렛가락을 주었다.

"이것을 할머니에게 드리세요. 이것을 보면 할머니는 당신이 내 남편임을 아실 거예요."

에멜리안은 아내가 알려준 대로 집을 떠나 읍을 뒤로 하고 걸어갔다. 가다 보니 군인들이 훈련을 받고 있었다. 에멜리안은 한참 동안 서서 훈련하는 모습을 바라보다가 이윽고 훈련이 끝나 쉬고 있는 군인에게 가서 물었다.

"여보십시오. 당신들은 어딘지도 모르는 곳으로 가려면 어디로 가야 하는지 아십니까? 그리고 무엇인지도 모르는 것을 가져오려면 어떻게 해야 하는지 아십니까?"

군인들은 그 말을 듣고 깜짝 놀라며 물었다.

"대체 누가 당신에게 그런 명령을 내렸지요?"

에멜리안이 대답했다.

"왕입니다."

"사실은 우리도 군인이 되면서부터 어딘지 알지도 못하는 곳으로 매일 헤매 다니고 있소. 그러니 당신에게 무엇을 가르쳐 줄 수 있겠소."

에멜리안은 군인들과 잠시 함께 있다가 다시 길을 떠났다. 끝없이 걸어가다 보니 어느 숲에 이르게 되었다. 숲속에는 작은 집 한 채가 있었다. 집 안에는 군인의 어머니인 아주 나이 많은 할머니가 앉아 실로 옷감을 짜고 있었다. 할머니는 하염없이 눈물을 흘리고 있었다.

"무엇 때문에 여기 왔소?"

에멜리안은 할머니에게 물렛가락을 내놓으며 아내가 가라고 해서 왔다고 말했다. 그러자 할머니는 부드러운 목소리로 사정을 물었고 에멜리안은 할머니에게 지금까지의 일을 모조리 이야기했다.

어떻게 해서 지금의 아내와 결혼하게 되었는지, 왜 왕의 궁으로 불려갔는지, 그리고 궁에서 힘든 일을 해내고 큰 성당과 해자를 판 일에 대해서도 이야기했다. 또 이번에는 왕이 어딘지도 모르는 곳에 가서 무엇인지도 모르는 것을 가져오라고 명령한 일까지 모두 털어놓았다.

할머니는 이야기를 다 듣고 눈물을 훔친 뒤 혼자 중얼거렸다.

"드디어 때가 온 거야. 여보시오, 여기 앉아 뭘 좀 드시구려."

에멜리안은 할머니가 차려 준 음식을 먹었다. 다 먹고 나자 할머니가 말했다.

"자, 여기 실뭉당이가 있어요. 이것을 던져서 실뭉당이가 굴러가는 쪽으로 따라 가시오. 아주 멀리 바닷가까지 가야

하는데 바닷가에 도착하면 큰 마을이 있을 거요. 그러면 마을 맨 첫 집으로 들어가 하룻밤 재워 달라고 하시오. 당신이 필요로 하는 것은 거기 가야 찾을 수 있을 거요."

"하지만 할머니, 그게 무슨 물건인지 어떻게 알 수 있단 말입니까?"

"부모 말보다 더 잘 듣게 되는 것이 나타나면 그게 바로 당신이 찾는 물건이요. 그것을 가지고 왕에게 가시오. 그러면 왕은 당신이 가져온 게 틀렸다고 말할 거요. 그럼 당신은 '만일 이것이 아니라면 부숴 버려야겠군요.' 하고 그걸 두드리며 강 쪽으로 가지고 나가 산산조각 낸 뒤 물속에 던져 버리시오. 그렇게 되면 당신 아내를 되찾을 것이고 덩달아 내 눈물도 마를 거요."

에멜리안은 할머니에게 작별 인사를 하고 그 집을 나와 실몽당이를 던졌다. 실몽당이는 구르고 굴러 마침내 그를 바닷가까지 인도했다. 바닷가에는 큰 마을이 있었는데 마을 어귀에 높이 솟은 집이 눈에 들어왔다. 에멜리안은 그 집으로 가서 하룻밤을 재워 달라고 청해 거기서 하룻밤 묵게 되었다.

아침 일찍 눈을 뜨니 그 집 주인이 아들을 깨워 나무를 해오라고 말하는 목소리가 들렸다. 그러나 아들은 말을 듣지 않았다.

"아직 일러요. 좀더 있다가 가도 되잖아요."

그러자 난로 쪽에서 어머니의 목소리가 들렸
다.

"애야, 어서 갔다 오너라. 아버지는 몸이 편찮으시잖니? 아픈 아버지가 나무를 하러 가셔야겠니?"

그러나 아들은 뭐라고 투덜거리며 돌아누워 버렸다. 그런데 갑자기 큰길에서 요란한 소리가 들려 왔다. 그러자 아들은 벌떡 일어나 옷을 입고는 나무를 해오겠다며 뛰쳐나갔다. 에멜리안도 후다닥 일어나 소리의 주인공이 무엇인지 알아보려고 뛰어 나갔다. 부모의 말은 듣는 둥 마는 둥 하는 아들이 무엇 때문에 벌떡 일어나 나무를 하러 나가게 됐는지 궁금했다.

에멜리안이 나가 보니, 어떤 사람이 배에 무엇인지 둥그런 것을 걸치고, 그것을 나무 방망이로 두드리며 걸어가고 있었다. 옆으로 달려가 천천히 들여다보니, 그것은 대야같이 둥그런 것으로 양쪽에 가죽이 덮여 있었다. 에멜리안은 그게 무엇이냐고 물었다.

"북이오."

"이건 가짜 북이군요."

"그렇소."

에멜리안은 신기하게 여기며 그 북을 자신에게 줄 수 없느냐고 애원했다. 하지만 사나이는 주려고 하지 않았다. 그래서 에멜리안은 얻기를 단념하고 그를 따라가기 시작했다. 그리고 하루 종일 따라다니다가 그가 잠든 사이에 북을 훔쳐 달아났다. 에멜리안은 달리고 또 달려 자기가 살던 마을로 돌아왔다. 그러나 집에는 아무도 없었다. 아내는 그가 떠난 다음 날, 왕에게 끌려가 버렸던 것이다.

에멜리안은 궁으로 가서 왕을 만나게 해달라고 간청하며 어딘지도 모르는 곳에 가서 무엇인지도 모르는 것을 가지고 돌아왔다고 전하게 했다. 신하들이 말을 전하자 왕은 에멜리안에게 내일 다시 오라고 했다. 하지만 에멜리안은 다시 한 번 왕을 만나게 해달라고 청했다.

"나는 왕께서 명령한 물건을 가져왔습니다. 부디 왕을 뵙게 해주십시오. 그렇지 않으면 직접 들어가 뵙겠습니다."

이때 왕이 나와 물었다.

"너는 어디로 갔다 왔느냐?"

에멜리안은 자기가 갔다 온 곳에 대해 이야기했다.

"내가 원한 곳은 그곳이 아니다. 그리고 무엇을 가지고 왔느냐?"

 에멜리안은 가져온 물건을 보이려 했으나 왕은 거들떠보지 않고 말했다.
 "그것이 아니다."
 "그러시다면 이걸 부숴 버려야겠군요. 악마에게 이걸 주어 버려야겠어요."
 에멜리안은 북을 들고 궁을 나와 그것을 마구 두드렸다. 그러자 왕의 군대가 모두 에멜리안 곁으로 몰려들어 에멜리안에게 경례를 하며 그가 명령을 내리기를 기다렸다. 왕은 창문으로 내다보며 자신의 군대를 향해 에멜리안을 따라 가지 말라고 소리쳤다. 그러나 군인들은 왕의 말을 듣지 않고 모두 에멜리안을 뒤따라갔다. 하는 수 없이 왕은 에멜리안에게 아내를 돌려보낼 테니 제발 북을 가져오라고 소리쳤다.

"그럴 수는 없습니다. 나는 이 북을 산산조각 내어 강물에 던져 버릴 겁니다."

에멜리안은 북을 두드리며 강으로 갔고, 군인들은 에멜리안의 뒤를 따랐다. 강에 도착한 에멜리안은 북을 산산조각 내어 강물에 던져 버렸다. 그러자 군인들은 한 사람도 남김없이 흩어져 달아나 버렸다. 그리고 에멜리안은 다시 궁으로 가서 아내를 데리고 집으로 돌아왔다. 그 뒤로 왕은 더 이상 에멜리안을 괴롭히지 않았고 에멜리안은 아내와 함께 행복하게 살았다.

첫 슬픔

그리샤는 발코니로 나갔다. 활짝 열린 마구간 문 안으로 사랑하는 말 크롤로크의 동그스름한 엉덩이와, 칸막이 위의 고삐, 파이프를 물고 있는 마부 이그나트의 모습이 보였다.

언제나처럼 그리샤는 참을성 있게 오래 서 있지 못하고 바지 주머니에 두 손을 찔러 넣은 채 쾅쾅 소리를 내며 층계를 내려갔다. 소년은 풀이 무성히 자란 뜰을 가로질러 곧장 마구간으로 갔다. 눈에 익은 정다운 마차와 마구간 안을 둘러보며 그리샤는 이그나트에게 물었다.

"어때? 왼쪽 발이 아직도 낫지 않았어?"

이그나트는 느긋하게 대답했다.

"네, 아직도 절름거리고 있습니다."

"굴레는 고쳤어?"

"네, 지금 고치고 있습니다."

"알았어. 오늘은 누구에게도 내 말을 주지마."

"하지만 그게 어디 제 마음대로 되는 일입니까? 역이나 마을로 가실 일이 있으면 말을 끌어내어 채비를 하라고 분부하실 텐데요."

"쳇, 만날 내 말만 가지고…… 이그나트, 귀리는 먹였어?"

소년은 볼멘소리로 물었다.

"어머님의 분부가 없으셨는데 내가 어디서 가져옵니까?"

늘 침울해 보이는 수염투성이인 이그나트가 능청스러운 얼굴을 하고 말했다. 그러자 그리샤는 얼굴이 새하얘지며 소리쳤다.

"그럼, 귀리도 안 줬단 말이야!"

두 눈에 눈물이 고일 정도로 놀란 그리샤를 달래며 이그나트가 대답했다.

"저 놀라시는 모습 좀 봐! 정말이지 도련님은 성미도 급하십니다. 자, 걱정하지 마십시오. 다른 녀석들의 먹이를 빼앗아서라도 크롤로크는 굶기지 않을 테니까요. 제가 책임지고 돌보고 있으니 도련님은 전혀 걱정하지 않으셔도 됩니다. 그 녀석은 언제나 호강하고 있으니까요."

이그나트는 따뜻한 눈으로 그리샤를 바라보며 꺼칠꺼칠한 손으로 머리를 쓰다듬어 주었다. 그리샤는 마음이 가라앉아 언제나처럼 마구간을 한 차례 둘러보았다. 차례차례 모든 마차에 앉아 보고 마부 자리에 앉기도 하며 종알거렸다.

"이건 아주 좋은 마차인데?"

그러면 이그나트가 맞장구쳐 준다.

"그 마차는 잘못된 구석이 한 군데도 없답니다."

"튼튼하고?"

마부석에 앉으려는 그리샤에게 이그나트가 주의를 주었다.

"기름이 묻습니다, 도련님. 유모에게 잔소리를 들을 겁니다."

이그나트는 이 집에 온 지 얼마 안 되었다. 그러나 아주 빨리 이 작은 도련님과 친해졌다. 두 사람 사이에는 묘하고도 진실한 우정이 싹트고 있었다.

이그나트가 이야기하기 시작했다.

"나는 루호프게이 씨 집에 살고 있었습니다. 거기에는 말이 한 마리밖에 없었지요."

그리샤가 물었다.

"그럼, 우리 집에 오기 전에 거기 살고 있었어?"

"그렇지요. 여기로 오기 전에 그 장사꾼 집에 있었습니다. 물론 당장 먹고 살기 위해서였지만 조금이라도 먹고살 만했다면 하루도 그런 집에는 있지 않았을 겁니다. 그 주인 때문에 저는 재판을 받았습니다. 그 사람이 무엇 때문에 저를 고소했는지는 지금도 의문입니다. 남의 물건을 훔치기라도 했다면 모르지만……."

"그래, 그 장사꾼이 아무 죄도 없는데 고소했단 말이지?"

"그렇고말고요. 까닭도 없이 고소해 버린 거지요. 제가 그 집의 말과 마차를 훔치기라도 한 것처럼 말입니다. 그 주인은 품삯도 제대로 주지 않고 잠시 쉴 틈도 주지 않고 일을 시켰어요. 그래서 저와 아내는 못 견딜 지경이었습니다. 아마도 제가 신분증을 갖고 있지 않다는 걸 약점으로 잡으려고 했나 봅니다. 아무튼 그 집에서 일을 완전히 끝내고 이사를 나오는데 그날도 일이 너무 늦게 끝났습니다. 하는 수 없이 저와 아내는 그 집 마차를 타고 나왔지요. 걸어가기에는 너무 먼 거리인데다 아기까지 있어서 어쩔 수 없었습니다. 마차는 다음 날 돌려줄 생각이었습니다. 추호도 훔치려던 생각은 없었습니다. 그런데 그 사람은 화가 머리끝까
지 치밀어 자신이 부리던 일꾼이 마차를 훔쳐 달아
났다고 고소했어요."

"그럼 재판을 받았어?"

"그렇지요."

"그래서 어떻게 됐어?"

이그나트는 우물우물 대답했다.

"뭐, 그렇게 되었지요."

그의 짙은 눈썹이 걱정으로 찌푸려졌다. 오랫동안 어려운 일을 겪어 온 사람의 얼굴이었다.

"죄가 없다고 말하면 되잖아?"

"하지만 그런 걸 묻기나 해야 말이지요. 우리 같은 사람에게 재판이란 것이 어떤 것인지나 아십니까? 진실은 중요하지 않습니다. 그들은 결국 나를 도둑으로 몰았습니다."

"어떻게 그렇게 되지?"

"세상일이란 게 그렇습니다."

이그나트는 씁쓸하게 미소 지었다.

"그런데 정말로 마트료나가 아저씨 아내야?"

마음 좋은 이그나트가 대답했다.

"그렇지 않으면 누구의 아내겠어요?"

 "그럼, 왜 마트료나는 아저씨와 함께 살지 않고 늘 움막에서 빵만 굽고 있어?"

이그나트는 빙그레 웃었다.

"무엇 때문에 함께 있어야 하지요? 뭐, 옛날이야기라도 들려줘야 하나요?"

어린 도련님은 화난 목소리로 쏘아붙였다.

"옛날이야기라고? 우리 엄마는 아빠에게 옛날이야기를 해달라고 하지 않아. 그저 함께 살 뿐이지. 그런데 폴리카는 아저씨 딸이야?"

"물론 제 딸이지요."

"다른 아이들은 없어?"

"그 녀석뿐입니다."

"왜 더 없지?"

이그나트는 고개를 가로젓고 웃음을 터뜨리며 중얼거렸다.

"원, 도련님도 별걸 다 물으시는군요."

그리샤가 소리치듯 말했다.

"왜 웃어? 우리 아빠와 엄마에게는 아이가 셋이나 있단 말이야."

그리샤는 늙은 친구의 눈을 들여다보며 부드럽게 부탁했

다.

"우리가 시내로 떠나 버리면 내 사랑하는 말, 크롤로크를 잘 지켜 줘, 응?"

"잘 지켜 주고말고요. 하지만 우리들이 먼저 떠날 겁니다."

그리샤가 깜짝 놀란 듯 소리쳤다.

"어디로?"

이그나트는 언제나처럼 수수께끼 같은 말투로 대답했다.

"저…… 저기로요."

그 순간 유모의 목소리가 들렸다.

"그리샤 도련님, 여기 계셔요?"

그녀는 마구간을 들여다보더니 퉁명스럽게 말했다.

"아니, 도련님, 왜 자꾸 마구간에 들락거리시지요? 계속 이러시면 마님께 말씀드리겠어요. 자, 어서 가셔요. 그리고 이그나트, 당신 말이에요."

유모는 이그나트를 쏘아보았다.

"도련님에게 뭘 가르쳐 주려고 그러는 거예요? 당신은 도련님을 나쁜 곳으로 꾀어내려는 게 틀림없어요."

이그나트는 당황해 하며 말했다.

"안나, 나는 아무것도…… 아니, 도련님에게 나쁜 짓을 가르치다니?"

유모가 얕잡아보듯 말했다.

"당신이 누구를 가르칠 만한 사람이라도 된다고 생각해요? 도련님, 가요."

그리샤가 부모님과 마주하는 것은 식사할 때뿐이었다. 아버지는 언제나 일을 했고, 어머니는 늘 병으로 앓아누워 있었다. 그 때문에 어머니는 시끌시끌한 아이들은 물론 한낮의 뜨거운 햇빛도 견딜 수 없어 했다. 그리샤가 달려들어도 어머니는 몇 번 쓰다듬어 주고 입 맞춘 다음 곧 혼자 있고 싶으니 나가 달라고 부탁했다. 그러나 이따금 그리샤는 어머니의 부탁을 듣지 않았다.

"엄마, 나 그냥 조용히 앉아만 있을게."

소년은 두 팔을 팔걸이에 얹고 안락의자에 앉았다. 그리고 무엇인가 골똘히 생각한 뒤 조용하고 평화스러운 분위기를 깨지 않으려고 속삭이듯 말했다.

"엄마…… 그런데 땀은 왜 날까?"

"그리샤, 너 덥니?"

"더워. 엄마는 내가 셔츠를 두 개나 입고 있어서 더울 거라고 생각하지?"

"그럼, 하나만 입었니?"

"그럼, 한 개지. 자, 봐!"

그리샤는 큰 소리로 말하며 옥양목 셔츠 깃을 열어젖히고 맨 가슴을 드러내 보였다. 그러자 어머니는 병적으로 얼굴을 찌푸리며 나무랐다.

"그리샤, 목소리가 너무 크구나."

"아, 깜박 잊었다."

소년은 미안스러운 듯 말하고 입을 다물었다. 그리고 몇 분쯤 지나자 다시 속삭이듯 물었다.

"엄마…… 저…… 꼬리는 왜 있지?"

"무슨 꼬리?"

"말이나 개한테 있는 꼬리!"

"그게 어떻다는 말이니? 꼬리는 그저 꼬리일 뿐이지. 조물주가 그렇게 만들어 둔 거야."

"그렇지 않아. 파리를 쫓기 위해서 있는 거야. 꼬리가 없어 봐, 뭘로 파리를 쫓아?"

호기심 많고 말하기 좋아하는 어린 아들은 신경질적인 부인을 안절부절 못하게 만들었다. 그러나 어머니는 그리샤가 어두컴컴한 방을 얼마 견디지 못하고 스스로 나가리라 여기고 말없이 참고 있었다. 그런데 그리샤는 안락의자에서 내려오더니 의자 다리에 등을 기대고 바닥에 앉아 다시 말했다.

"엄마! 이는 어디서 사는지 알아?"

어머니는 징그러운 듯 눈살을 찌푸리며 눈을 감았다.

"그리샤, 그게 무슨 말이니!"

"고삐 속이야. 그러니 이가 생기면 헌 고삐를 빼 버리고 빨리 새것을……."

"너 그러고 보니 늘 마구간에서 노는 모양이구나. 아무래도 올 가을에는 가정교사를 들여야겠다. 너 때문에 걱정이 태산이구나."

"왜 걱정인데?"

"그래, 그래, 그리샤, 이제 그만 누이나 유모에게로 가거라. 너는 언제나 혼자 놀지 않으면 농부들과 함께 있으니 걱정이다."

그리샤는 크게 한숨을 쉬고 마지못해 일어나며 또 다시 한숨을 쉬었다. 소년은 아직 서늘한 방 안에서 슬픔에 잠겨 있는 듯한, 병을 앓고 있어도 언제나 사랑스러운 어머니 곁을 떠나고 싶지 않았다.

"내게 입 맞춰 주렴."

그리샤는 어머니 볼에 입을 맞추고 얼굴을 어머니의 얼굴에 문질렀다.

어머니는 아들의 조그맣고 여윈 어깨를 느끼고 측은한 마음이 들었다.

"말랐구나. 얼굴도 핼쑥하고, 그리샤, 무슨 일이 있니?"

"만날 놀고 장난치느라 바빠서 그러지."

어머니의 따뜻한 마음이 느껴지자 그리샤는 눈물이 날 것 같았다.

"몸이 좋지 않구나! 그래서 곧잘 우는 거야, 그렇지?"

그리샤는 어머니의 걱정에 감동해 갑자기 어머니의 품으로 달려들어 울음을 터뜨렸다.

"그리샤, 왜 그러니? 슬픈 일이 있나 보구나."

어머니는 깜짝 놀라 열이 있는지 그리샤의 머리를 만져 보았다. 그러나 그리샤는 곧 마음을 진정시키고 어머니의 방에서 나가 버렸다. 그리고 채 문을 나서기도 전에 그리샤는 방금 전 자신이 눈물 흘린 것도 잊고 뭔가 재미난 일이 없을까 생각했다. 주머니에 들어 있던 노끈을 손에 들고 만지작거리며, 어떻게 하면 그것으로 재미있게 놀 수 있을까 궁리했다. 하지만 저 멀리에서 그리샤에게 슬픔이 먹구름처럼 밀려오고 있었다.

어느 날 아침, 아버지가 신문에서 눈을 떼지 않고 식탁에 앉은 어머니에게 말했다.

"당신 알고 있소? 이그나트를 데리러 온 것 말이오."

어머니는 어리둥절하여 물었다.

"벌써 왔어요?"

 어머니는 무언가 생각에 잠기더니 찻잔을 식탁에 올려놓으며 조용한 목소리로 말했다.

"정말이지 좋은 방법이 없을까요? 어린아이가 있잖아요."

아버지는 어깨를 움츠려 보였다.

"하긴 그렇소. 그런 건달이야 아무래도 상관없지만 처자식이 걱정이지. 그런데 그 장사꾼이라면 나도 좀 알고 있는데 굉장한 구두쇠인데다 사기꾼이라오."

"그것 보셔요. 그렇다면 더욱……."

"무슨 말이오. 말을 훔친 데다 열쇠까지 부서져 있었잖소. 그러니 법을 어기고 남의 집에 들어간 도둑과 조금도 다를 바가 없소."

어머니가 말을 계속 이었다.

"하지만 그 사람들로서는 어쩔 도리가 없었잖아요. 그 장사꾼은 신분증이 없는 걸 이용해서 품삯도 안 주고 일만 호되게 시켰어요. 이그나트는 노예살이에서 도망쳐 나왔을 뿐이어요."

"그러나 아무 말 없이 말을 끌고 가서는 안 되었소. 자, 이제 그만합시다. 우리끼리 이러니저러니 해봐야 무슨 소용이 있겠소."

아버지는 퉁명스럽게 말하고 다시 신문을 봤다. 그리샤는 열심히 들었으나 뭐가 뭔지 잘 알 수가 없었다. 그래서 눈을 크게 뜨고 어머니에게 물었다.

"엄마, 이그나트가 어디로 끌려가?"

어머니는 물끄러미 그리샤를 바라보더니 아들과 마부 사이의 우정을 떠올렸다.

"누가 이그나트를 데리러 왔어, 엄마?"

아버지가 못마땅한 목소리로 말했다.

"왜 말해 주지 않는 거요? 나중에 크게 슬퍼하고 낙담하지 않도록 미리 말해 줘야 하오. 그리샤도 이제 알 건 알아야지. 언제까지나 그렇듯 응석받이로 키우면 형편없는 아이가 되어 버린단 말이오."

어머니는 눈물을 글썽거리며 소리쳤다.

"그럼, 당신이 말하면 되잖아요!"

그리고 두 손으로 관자놀이를 누르며 의자에서 일어나 방으로 가버렸다.

"항상 저런 식이라니까."

아버지는 어머니의 등 뒤에 대고 소리치더니 그리샤를 보고 무뚝뚝하게 말했다.

"이그나트는 법을 어기고 남의 집에 침입한 도둑의 혐의

로 감옥에 끌려가는 거야, 알겠니?"

그리샤의 얼굴이 새파래졌다.

"이그나트는 도둑이고, 그의 아내 마트료나는 공범이야. 이그나트는 3년, 그의 아내는 1년 반의 징역살이를 해야 한단다."

"폴리카는요?"

"폴리카? 폴리카가 어쨌다는 거냐? 물론 그 아이는 감옥에 끌려가지 않아. 나도 그 아이가 어떻게 되는지 모르겠구나. 내 알 바가 아니지."

그리샤는 가만히 아버지를 바라보았다. 눈물이 그렁그렁한 눈에는 아버지에 대한 미움이 배어 있었다. 그러나 아버지가 두려워 아무 말도 하지 않고 꾹 참고 있다가 쏘아붙이듯 물었다.

"왜 그렇게 되었지요?"

"그 녀석이 도둑질을 했다고 말했잖니? 어쨌든 도둑질이나 마찬가지야!"

"그렇지 않아요. 아니란 말예요. 그 장사꾼이 사기꾼이라고 아빠가 말했잖아요?"

"그래, 그랬다."

"그런데 어떻게 그럴 수가 있어요?"

아버지는 버럭 화를 냈다.

"제발 그만해라. 그처럼 응석받이로 자라서는 아무짝에도 못 쓴다."

그리샤는 간신히 울음을 참고 일어나 방에서 나왔다. 문 밖으로 나왔을 때, 소년은 누군가에 대한 분노와 미움으로 목이 죄어드는 것만 같았다. 그리샤는 복도를 달려 발코니로 뛰어나갔다. 이그나트를 보기 위해서였다. 그러나 마구간 문은 닫혀 있었다. 그것은 이그나트가 거기에 없음을 알려 주는 것이었다.

그리샤는 유모 방으로 뛰어갔다. 유모는 테이블 옆에 앉아 있었는데 맞은편에 군복 입은 낯선 사나이가 앉아 있었다. 처음 보는 군인이었다. 군인은 점잖게 차를 마시고 있었다. 그러나 그리샤는 이그나트가 잡혀 간다는 소식에 정신이 없어 군인은 거들떠보지도 않았다.

그리샤가 떨리는 목소리로 물었다.

"유모, 누가 이그나트를 데리러 왔지?"

"그래요. 도련님의 친구는 끌려갈 거예요."

"누가 데리러 왔느냐니까, 유모?"

"여기 이분이 데려갈 거예요."

그리샤는 잠깐 어리둥절했다. 이그나트와

마트료나를 감옥에 데려갈 사람은 아주 무섭고 험상궂을 거라고 생각했는데 유모와 마주 앉아 있는 사나이는 아주 점잖고 착해 보였기 때문이다.

사나이가 빙그레 미소 지었다. 깜짝 놀란 그리샤는 믿을 수 없다는 듯 군인을 찬찬히 바라보며 물었다.

"아저씨가요?"

군인은 얼굴 가득히 미소를 지으며 대답했다.

"네, 접니다."

그리샤는 크게 소리 지르며 덤벼들었다.

"아저씨는 나쁜 사람이에요. 이그나트를 끌고 가다니…… 아저씨를 두들겨 패 주겠어요."

그러더니 큰 소리로 울음을 터뜨렸다. 군인은 난처한 듯이 어깨를 으쓱해 보였다.

그리샤는 자기 방으로 달려갔다. 침대 구석에 몸을 숨기고 두 손으로 가슴을 움켜쥐었다. 분노가 치밀어 금방이라도 폭발해 버릴 것만 같았다. 그리샤는 바닥에 뒹굴고 있는 누이의 인형이 눈에 띄자 두 발로 마구 짓밟고 구석으로 집어던져 버렸다. 벽에 걸린 자기의 그림도 바닥에 내동댕이쳤다.

얼마쯤 화가 풀리자 그리샤는 다시 침대에 걸터앉아 조

용히 생각에 잠겼다. 그리샤는 힘에 대해 생각했다. 모질고 나쁜 사람들, 즉 이그나트를 재판할 재판관, 그를 데려가는 군인, 군인에게 차를 대접한 유모, 그리고 그가 끌려가든 말든 아무 상관 안 하는 아버지에게 복수하려면 힘이 필요하다고 생각했다.

아버지는 마땅히 이그나트의 편을 들어 군인을 쫓아 버려야 했는데도 태연히 앉아 신문만 보고 있었다. 그리고 심

지어 이그나트는 도둑이나 마찬가지라고 말했다.

그리샤는 오직 하나뿐인 자신의 친구, 이그나트를 이토록 잔인하게 모욕한 모든 사람에게 복수하고 싶었다. 아버지와 유모와 그 군인에게 어떤 방법으로 복수할지 곰곰이 생각하며 그리샤는 침대 손잡이의 페인트를 박박 긁고 있었다. 그러다 갑자기 벌떡 일어나 하녀의 방으로 뛰어 갔다. 아버지의 큰 목소리와 이그나트의 겁에 질린 목소리가 들려 왔기 때문이었다.

방 한가운데에서 이그나트와 그의 아내 마트료나가 머리를 숙인 채 흐느끼고 있었다. 어린 폴리카는 마트료나의 가슴에 얼굴을 묻고 있었다. 딸을 내려다보는 마트료나의 얼굴에는 두려움과 슬픔보다는 의문의 그림자가 깃들여 있었다. 그리고 그들 등 뒤에 있는 문 저쪽에서는 하인들이 호기심 어린 얼굴로 방 안을 기웃거리고 있었다.

그리샤의 아버지가 말했다.

"자, 이제 이미 늦었어. 어떻게 할 도리가 없네. 폴리카는 걱정하지 말게. 우리가 잘 돌보아 주겠네. 약속하지. 부디 몸조심하게. 이그나트, 어떻게 하겠나?"

아버지는 작별 인사가 끝났음을 알리기라도 하듯 악수를 하려고 손을 내밀었다. 그러나 아무도 그 자리에서 움직이려고 하지 않았다. 이그나트는 넋이 나간 사람처럼 말없이 바닥을 내려다보고 있었다.

"그래, 우리가 약속하지."

어머니가 떨리는 목소리로 덧붙이고는 폴리카에게로 손을 내밀려다가 말고 돌아서 버렸다. 그러자 아버지는 침묵이 답답한 듯, 다시 말을 이었다.

"이제 와서 일을 바로잡을 방법은 없어. 자, 세월은 금세 지날 걸세. 그러니 참아 낼 수 있을 거야…… 어쩔 수 없잖나?"

마트료나는 살며시 폴리카를 떼어 놓고 한 걸음 앞으로 나와 머리를 조아리며 어머니의 발치에 엎드렸다. 어머니의 두 눈에서 눈물이 흘렀다.

"마트료나! 가엾은 마트료나! 나를 믿어. 내가 폴리카를 잘 돌봐 줄께."

어머니는 허리를 구부려 떨리는 손으로 마트료나의 어깨를 어루만졌다. 그리고 자신도 마트료나와 나란히 바닥에 앉았다.

"참아야 해. 참는 수밖에 도리가 없어……."

성미가 급한 아버지가 소리쳤다.

"그만, 그만! 나도 몹시 슬프네. 나는 자네에

게 아무 불만도 없었어. 이그나트, 형을 마치고 다시 오게. 우리 집에 함께 있도록 하세. 그리고 자네 딸은 걱정 말게. 자, 그럼 잘 가게!"

그는 아내의 손을 잡고 나가려 했다. 그러나 아내는 그의 손을 뿌리치고 다시 한 번 마트료나를 끌어안으며 속삭였다.

"견뎌내야 해."

마트료나는 일어났다. 그녀는 애절한 눈빛으로 방을 둘러보다가 그리샤에게 눈길을 멈추었다. 그녀와 소년은 마주 보았다. 그리샤는 침울한 표정으로 앞으로 다가갔다. 그리샤는 아주 조용하고 상냥하게 말했다.

"안녕."

마트료나는 아무 말도 못하고 조용히 눈물을 흘리며 그리샤의 얼굴을 바라보았다. 그리샤는 이그나트 쪽으로 돌아서며 그에게 손을 내밀었다. 이그나트는 이 착한 아이의 손을 잡고 어린 얼굴 위에 허리를 구부렸다.

"폴리카를 가엾게 여겨 주시겠지요?"

그리샤는 단호한 말투로 대답했다.

"물론이야."

그리고 눈물이 그렁그렁한 눈으로 늙은 친구의 슬픈 눈

을 들여다보았다. 이그나트는 한 손으로 그리샤의 머리를 쓰다듬으며 진심에서 우러난 마음으로 예수 크리스트의 십자가를 향해 성호를 긋고 나서 문 쪽으로 걸어갔다.

"마트료나, 어서 나와! 마차가 현관 앞에서 기다리고 있어."

마트료나는 이그나트의 뒤를 따라 나갔다.

소년은 복받치는 설움을 참지 못하고 달음박질쳐 방으로 뛰어 들어갔다. 복도에서 아버지의 발소리가 들려 왔다. 아버지가 방으로 들어와 그리샤 앞에 멈춰 섰다.

"그리샤, 왜 여기 이러고 있지? 유모에게 가거라."

소년은 입을 꼭 다문 채 꼼짝도 하지 않았다. 그러자 아버지가 무섭게 소리쳤다.

"그리샤! 내 말이 들리지 않니?"

소년은 고개를 들고 원망이 가득한 눈으로 아버지를 뚫어지게 바라보았다. 아버지는 좀 누그러진 목소리로 말을 이었다.

"그리샤, 아버지한테 화났니? 도대체 어쩌란 말이냐. 아버지도 어쩔 수 없는 일이란다. 그런데 아까 네가 군인에게 덤벼들어 소리쳤다면서? 자, 그 이야기 좀 들어 보자."

아버지는 아들의 원망스런 눈길에 당황했지만 침착하게 말했다. 하지만 그리샤가 가라앉은 목소리로 말했다.

"마음대로 하셔요."

"뭘 마음대로 하라는 거냐?"

"마음대로 나를 혼내도 좋아요. 나는 이제 어떻게 되어도 상관없으니까요."

아버지는 당황스러웠다.

"그럼 마음대로 하거라. 나도 너와 더 이상 말하고 싶지 않으니까."

그리고 아버지가 문 쪽으로 가자 그리샤가 등 뒤에서 외쳤다.

"아버지는 유모처럼 그 사람에게 차를 대접하는 게 옳다고 생각하는 거예요?"

아버지는 멈춰 서서 그리샤를 돌아보며 말했다.

"누구나 다 자기가 맡은 일을 하고 있는 거야. 그 군인은 이그나트를 데려오라는 명령을 받고 왔어. 그는 자신의 일을 충실히 하는 착한 사람인데도 너는 그에게 무례한 짓을 했어. 그건 나와 유모까지 욕되게 하는 일이란다. 왜 그랬지?"

그리샤는 천천히 눈을 내리깔고 괴로운 표정을 지었다.

"그러면 못써!"

아버지는 나무라듯이 말하고 방에서 나가 버렸다. 야단치는 듯했지만 아버지의 말에는 사랑이 깃들어 있었다.

소년은 가슴이 아파 왔다.

'그게 옳지 않은 일이었을까? 내가 정말 잘못한 것일까?'

그리샤는 고개를 떨어뜨리고 미간을 찌푸렸다.

'누구나 다 자기가 맡은 일을 열심히 하며 살고 있다…… 그런데 어째서 그처럼 좋지 않은 일이 일어나는 것일까?'

그리샤의 눈에는 세상에 대한 원망이 서려 있었다.

 바보이반

옛날 한 마을에 부유한 농부가 살고 있었다. 이 농부에게는 군인인 세몬, 배불뚝이 타라스, 바보 이반인 세 아들과 듣지 못하고 벙어리인 딸 말라냐가 있었다. 군인인 세몬은 나라의 부름을 받아 전쟁터에 나갔고, 배불뚝이 타라스는 성 안의 상인에게 장사하는 법을 배우기 위해 집을 떠나 있었다. 집에는 바보 이반과 막내 딸 말라냐만이 농부를 도와 열심히 농사일을 하고 있었다.

 군인이 세몬은 전쟁에서 많은 공을 세워 높은 벼슬과 땅을 얻어 귀족의 딸과 결혼했다. 세몬은 돈도 잘 벌고 땅도 많았으나 언제나 돈이 모자랐다. 그것은 사치가 심한 아내가 돈이 들어오기가 무섭게 물 쓰듯 다 써 버렸기 때문이다. 그래서 세몬은 도조(賭租, 남의 논밭을 빌려서 부치고 논밭을 빌린 대가로 해마다 내는 벼)라도 받아서 쓰려고 마름(지주를 대리하여 소작권을 관리하는 사람)을 찾아갔다. 그러나 마름은 퉁명스럽게 말했다.

"도조가 들어올 리가 없습니다. 우리에게는 쟁기는커녕 말이나 소도 없습니다. 먼저 이것들이 있어야 합니다. 그래야만 수익을 낼 수가 있습니다."

그래서 세몬은 아버지를 찾아갔다.

"아버지, 아버지께서는 많은 재산이 있으면서도 저에게 아무것도 주시지 않았습니다. 아버지가 소유하고 계신 토지의 삼분의 일만 주십시오."

그러자 아버지가 말했다.

"너는 살아오면서 지금까지 우리 집안을 위해 무슨 일을 했느냐? 어떻게 땅을 삼분의 일이나 달란 말이냐? 그러면 이반과 네 누이동생이 못마땅하게 생각할 것이다."

그러자 세몬이 말했다.

"이반은 바보가 아닙니까? 또 말라냐는 귀머거리에 벙어리입니다. 그런 애들에게 재산이 무슨 필요가 있겠습니까."

이 말을 듣고 아버지는 다음과 같이 말했다.
"이반이 뭐라고 할지 그 애의 말을 들어 보자."
그런데 이반은 의외로 쉽게 응했다.
"그런 부탁이라면 들어 주세요."
이렇게 해서 세몬은 아버지로부터 땅을 얻어 자신의 소유로 이전한 뒤 다시 전쟁터로 떠났다.

한편 배불뚝이 타라스도 그동안 돈을 많이 모아 상인의 딸과 결혼했다. 그러나 타라스의 욕심은 끝이 없었다. 그래서 아버지를 찾아가 말했다.

"저에게도 제 몫의 땅을 주십시오."

그러나 아버지는 못마땅했다.

"너는 가족을 위해서 아무것도 해준 일이 없다. 그리고 집에 있는 것은 모두 이반이 벌어들인 것이다. 나는 네 동생들이 서운하게 생각할 일은 하지 않을 것이다."

그러자 타라스가 말했다.

"저런 녀석에게 무엇이 필요합니까? 이반은 바보라서 장가도 갈 수 없을 겁니다. 누가 바보에게 시집을 온답니까? 또 벙어리인 말라냐에게도 필요한 건 아무것도 없습니다."

그리고 이반에게 말했다.

"그렇잖니, 이반? 집에 있는 곡식의 절반만 다오. 그리고

나는 농기구는 필요 없으니 가축 중에 회색 말이나 한 마리 주면 된다. 말은 농사짓는 데 꼭 필요한 가축도 아니니까."

이반은 조용히 웃으며 흔쾌히 승낙했다.

"좋을 대로 하십시오. 말이야 또 잡아 오면 그만입니다."

결국 타라스도 제 몫의 곡식과 말을 챙겨 떠났다. 그리고 이반은 예전과 다름없이 늙고 뼈가 앙상하게 드러난 암말 한 마리로 농사를 지으며 아버지와 어머니를 공양했다.

2

 이 모습을 지켜본 두목 도깨비는 이들 형제가 재산을 나누어 갖는데 싸움 한 번 하지 않은 것이 아주 기분 나빴다. 그래서 작은 도깨비 셋을 불렀다.

 "자, 봐라. 저 인간 세상에 삼형제가 살고 있다. 세몬이란 군인과 배불뚝이 타라스, 그리고 바보 이반 말이다. 나는 저 녀석들에게 싸움을 붙여야겠는데 쉽지 않을 것 같다. 특히 저 바보 이반이란 놈이 어찌나 마음이 착한지 도무지 좋은 수가 떠오르지 않는다. 그러니 이제부터 너희 모두 인간 세상으로 나가 저 세 녀석들에게 달라붙어 싸움을 붙여라. 무슨 수를 써서라도 형제들의 의를 끊어 놓아라. 어때, 자신

 있느냐?"

"네, 자신 있고말고요."

"그래, 어떻게 할 셈이냐?"

"네, 일단 저 녀석들을 아무 것도 없는 가난뱅이로 만든 다음에 한군데 모여 살게 하면 됩니다. 그러면 녀석들은 필시 서로 치고 받으며 싸움을 하게 될 것입니다."

"그래, 아주 좋은 생각이다. 그럼 제각기 할 일을 알고 있겠지? 가서 저 녀석들의 사이를 끊어 놓기 전에는 절대로 돌아 올 생각을 말아라. 만일 이 일을 실패하면 네놈들의 가죽을 몽땅 벗겨 버릴 테니 그리 알고."

작은 도깨비들은 숲으로 가서 어떻게 할 것인가를 상의하기 시작했다. 서로 쉬운 일을 맡겠다고 으르렁대다가 겨우 제비를 뽑아서 누구를 맡을지를 정했다. 그리고 자기 일이 조금이라도 일찍 해결되는 도깨비는 다른 도깨비를 도와야 한다고 약속했다. 그리고 언제 다시 이곳에서 만날지를 정한 후에 각자 임무를 수행하기 위해 헤어졌다.

드디어 약속한 날이 오자 작은 도깨비들은 다시 숲에 모였다. 그리고 그동안 자기가 맡은 일을 어떻게 처리했는지 말하기 시작했다. 먼저 군인인 세몬에게 갔다 온 첫 번째 도깨비가 말했다.

"내가 맡은 일은 아주 잘 됐어. 내일 틀림없이 세몬이란 녀석은 자기 아버지를 찾아갈 거야."

그러자 다른 도깨비가 물었다.

"그래, 어떻게 했는데?"

"나는 말이야. 먼저 세몬에게 쓸데없는 용기를 불어넣어 주었어. 그랬더니 그 녀석은 기고만장해져서 왕에게 온 세계를 정복하겠노라고 약속을 했지. 그러자 왕은 세몬을 대장으로 임명하고 인도를 정복하라고 명령했어. 그래서 나는 출병하기 바로 전날 밤, 세몬 군사들의 화약을 모조리 물에 적셔 놓았어. 그리고 인도로 가서 왕에게 짚으로 군사들을 많이 만들어 놓으라고 했지. 세몬의 군사들은 사방에서 밀려드는 인도의 허수아비 군병들을 보고는 잔뜩 겁을 집어먹고 얼어 버렸어. 세몬이 발사 명령을 내렸지만 물에 젖은 화약은 아무 쓸모가 없었고. 그러자 세몬의 군사들은 완전히 사기가 떨어져 마치 양떼들처럼 도망쳐 버렸어. 인도의 왕은 그걸 놓치지 않고 세몬의 군사를 모조리 쳐부숴지. 그래서 세몬은 패장이 되어 본국으로 돌아갔고 왕은 세몬의 땅을 몰수하고 사형을 집행하라는 명령을 내렸어. 이제 내가 할 일은 내일 세몬을 감옥에서 빼내 집으로 도망치게 하는 일뿐이지. 내일이면 모든 일이 해결되니까 누가 내 도움이 필요한지 말만 해."

타라스를 맡은 두 번째 도깨비도 자기가 한 일에 대해서 말했다.

"나는 도움이 필요 없어. 내 일도 아주 잘 되어 가고 있으니까. 타라스란 녀석도 이제 일주일 이상은 버티지 못할 거야. 나는 먼저 그 녀석을 세상에 더 없는 욕심쟁이가 되게 했지. 그랬더니 녀석은 재물이라면 무조건 남의 것까지 탐을 내는 거야. 무엇이든 돈을 있는 대로 털어서 다 사버렸지. 그래도 성에 안 차는지 지금은 빚까지 져 가면서 사 들이는 형편이야. 일주일 후에는 외상값과 빌린 돈을 갚아야 하는데 그 녀석한테는 지금 한 푼도 없지. 그리고 나는 일주일 안에 그 녀석의 재물을 몽땅 거름더미로 만들어 놓을 작정이야. 그러면 그 녀석은 분명 빚을 갚지 못하고 자기 아버지한테 달려갈 거야."

그리고 두 번째 도깨비는 이반에게 갔다 온 세 번째 도깨비에게 물었다.

"네가 맡은 일은 어떻게 됐지?"

"사실 내 일은 왠지 잘 풀리질 않아. 나는 먼저 배탈이 나게 하려고 놈이 마실 크바스(호밀로 만든 맥주의 한 종류)를 담은 병에 독침을 잔뜩 뱉어 놓았지. 그리고는 녀석의 밭을 돌

처럼 딱딱하게 만들어 버렸어. 그쯤 되면 녀석이 일을 포기하려니 했는데 오히려 그 녀석은 돌처럼 딱딱한 밭을 더 열심히 가는 거야. 쟁기가 잘 들어가지도 않는데 끄떡도 하지 않고 계속 일을 하더군. 배가 아파서 끙끙 대면서도 좀처럼 쉬지 않기에 나는 아예 그 녀석의 쟁기를 부숴 놓았지. 그랬더니 웬걸 그 녀석은 집에 가서 다른 쟁기를 가져와 다시 밭을 갈기 시작하는 거야. 그래서 나는 땅 속으로 들어가 쟁기

를 뺏으려고 안간힘을 썼는데 도무지 붙잡을 수가 있어야 말이지. 그 녀석이 쟁기를 누르는 힘이 어찌나 강하던지 잡기는커녕 나는 손에 마구 상처를 입고 말았어. 아무튼 친구들, 어서 나를 도와주게. 만일 그 녀석을 해치우지 못하면 우리들의 일은 전부 허사가 되고 말 거야. 그 바보 녀석이 농사를 계속 짓게 되면 우리 계획은 완전히 실패라고. 그 바보가 두 형들을 먹여 살리게 될 테니까 말이야."

첫 번째 도깨비가 내일 도우러 가겠다고 약속하고 도깨비들은 일단 헤어졌다.

3

이반은 밭을 거의 갈고 이제는 한 두둑만 남겨 놓고 있었다. 그는 배가 아파서 견딜 수가 없었으나 마저 갈아 버릴 작정이었다. 그래서 고삐를 돌려 계속 밭을 갈기 시작했다. 그런데 무슨 일인지 쟁기가 나가지 않았다. 마치 나무뿌리에 걸린 것처럼 꼼짝도 하지 않았는데 실은 작은 도깨비가 두 발로 쟁기를 잡아당기고 있었기 때문이었다.

'정말 이상한 일이야. 이곳에 나무뿌리 같은 것은 없었는데 언제 이런 게 생겼을까?'

이반은 땅 속에 손을 넣어 나무뿌리를 뽑아내려고 했다.

 그런데 무언가 부드럽고 뭉클한 것이 손에 닿았다. 그는 그것을 움켜쥐고 밖으로 끌어냈다. 나무뿌리 같은 검은 형체였는데 자세히 살펴보니 꿈틀거리는 작은 도깨비였다.

"아니, 뭐 이렇게 기분 나쁘게 생긴 게 다 있어!"

이반은 작은 도깨비를 번쩍 집어 들어 있는 힘껏 땅에 내던지려고 했다. 그러자 도깨비가 발버둥 치면서 말했다.

"제발 죽이지 말아 주십시오. 그 대신 무엇이든 원하는 대로 하겠습니다."

"그래 무엇을 하겠다는 거냐?"

"그저 무엇을 원하시는지 말씀만 하십시오."

이반은 잠시 머리를 긁으며 말했다.

"내가 지금 배가 몹시 아픈데 낫게 할 수 있겠느냐?"

"그럼요, 할 수 있고말고요."

"그래? 그럼 낫게 해보아라."

작은 도깨비는 땅 위에 몸을 구부리고 손톱으로 이리저리 뒤져가며 무엇인가를 찾더니 조그만 풀뿌리를 뽑아서 이반에게 주며 말했다.

"여기 있습니다. 이 뿌리를 하나만 드시면 어떠한 병도 다 나을 것입니다."

이반은 뿌리 하나를 먹었다. 그러자 신통하게도 배가 아프지 않았다. 작은 도깨비는 다시 애원하기 시작했다.

"이젠 제발 놓아 주십시오. 다신 나타나지 않겠습니다."

그러자 이반이 말했다.

"좋아, 어서 가거라!"

이반의 말이 떨어지기도 전에 도깨비는 어느새 땅 속으로 사려져 버렸고 그 자리엔 구멍 하나가 남아 있을 뿐이었다. 이반은 남은 두 개의 뿌리를 모자 속에 집어넣고, 나머지 땅을 다시 갈기 시작했다. 그리고 나머지 이랑을 갈고 쟁기를 챙겨 집으로 돌아왔다. 집안으로 들어가니 큰형 세몬이 형수와 식사를 하고 있었다. 빈털터리가 되어 간신히 감옥에서 몸만 빠져나온 세몬이 신세를 지려고 온 것이었다.

세몬은 이반이 들어오는 것을 보고 말했다.

"너에게 신세를 좀 져야겠다. 새로운 일자리가 생길 때까지만 나와 집사람을 먹여다오."

"네, 그렇게 하시죠. 염려 말고 여기서 사세요."

이반은 반갑게 맞이하며 대답했다. 그러나 이반이 식탁에 안자마자 귀부인 형수가 남편에게 말했다.

"저는 싫어요. 고약한 냄새가 나는 흙투성이와 한 식탁에 앉아서 식사를 할 순 없어요."

그러자 세몬이 말했다.

"집사람이 너에게서 나는 냄새가 싫다고 하니 너는 문간에서 먹었으면 좋겠구나."

"그렇게 하죠. 그렇지 않아도 나는 바로 밤일을 하러 갈 참이었어요. 말에게도 먹이를 줘야 하고."

이반은 빵과 옷가지를 들고 밖으로 나갔다.

4

 그날 밤, 군인 세몬을 맡았던 첫 번째 도깨비는 이반을 맡은 세 번째 도깨비를 찾아 여기저기 돌아다녔다. 그러나 어디에서도 그 모습을 발견할 수가 없었고, 그저 땅 위에 뚫린 구멍 하나만 보일 뿐이었다.

 '이상하군. 동료한테 무슨 불행한 일이 일어난 모양이야. 그렇다면 내가 대신 처리할 수밖에 없지. 밭은 이미 다 갈아 버렸으니 풀밭으로 한번 가 볼까?'

 작은 도깨비는 이반의 목장으로 달려가 풀밭에 큰물이 들게 했다. 풀밭은 온통 흙탕물 천지가 되어 버렸다.

 이반은 새벽녘에 가축을 돌본 뒤 집으로 돌아와 큰 낫을

 들고 목장으로 풀을 베러 갔다. 이반은 목장에 도착하자마자 풀을 베기 시작했다. 그런데 여느 때와는 달리 한두 번만 낫질을 해도 낫이 금방 무뎌져서 일을 할 수가 없었다. 이반은 이런저런 방법으로 시도해 보다가 혼자 중얼거렸다.

"안 되겠군. 집에 가서 숫돌을 가져와야겠어. 가는 길에 빵도 챙겨 와야지. 일주일이 걸리더라도 다 베기 전에는 절대 그만두지 않겠어."

작은 도깨비는 이 말을 듣고 말했다.

"제기랄, 저 녀석은 정말로 멍청하군! 이래선 안 되겠는걸. 무슨 다른 수를 써야겠다."

이반은 숫돌을 갖고 돌아와 낫을 갈고 다시 풀을 베기 시작했다. 작은 도깨비는 풀 속으로 몰래 숨어들어 낫 등에 달라붙어 날을 땅속으로 밀어 넣었다. 하지만 이반은 힘이 들었으나 꾹 참고 일을 끝냈다. 물이 고인 늪지에만 풀이 조금 남았을 뿐이었다. 도깨비는 늪 속으로 숨어 들어가 이렇게 생각했다.

'이번만은 내 손이 잘리더라도 절대로 베지 못하게 해야지.'

이반은 늪지대로 와서 풀을 베기 시작했는데 억세지도

않은 풀들이 도무지 베어지지 않았다. 이반은 화가 나서 있는 힘을 다해 낫을 휘두르기 시작했다. 작은 도깨비는 깜짝 놀라 낫을 피하기 시작했다. 그런데 이반이 힘껏 휘두른 낫이 덤불을 덮치는 바람에 작은 도깨비의 꼬리가 절반이나 잘려 나갔다. 이반은 풀을 다 베고 나서 말라냐에게 그것들을 정리하라고 한 뒤 호밀을 베러 갔다.

이반이 갈고랑이(끝이 뾰족하고 꼬부라진 모양으로 쇠로 만들어 물건을 걸고 끌어당기는 데 쓴다) 낫을 들고 호밀밭으로 갔을 때, 호밀밭은 이미 엉망이었다. 꼬리 잘린 작은 도깨비가 어느새 호밀밭을 마구 짓밟아 놓아 갈고랑이 낫으로는 도저히 벨 수 없을 지경이었다. 그래서 이반은 집으로 돌아가 다시 보통 낫을 가지고 와서 호밀을 베어 버렸다.

"자, 이번에는 귀리를 베어야지."

꼬리 잘린 작은 도깨비는 그 말을 듣고 이렇게 생각했다.

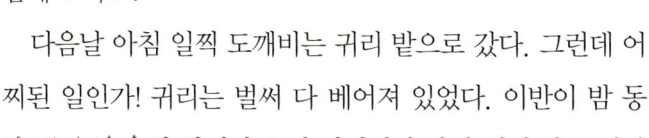

'이번에야말로 진짜 골탕을 먹일 테다. 내일 아침에 보자고!'

다음날 아침 일찍 도깨비는 귀리 밭으로 갔다. 그런데 어찌된 일인가! 귀리는 벌써 다 베어져 있었다. 이반이 밤 동안 귀리 알이 한 알이라도 더 떨어질까 봐서 쉬지 않고 귀리를 베어 버린 것이었다. 작은 도깨비는 약이 바짝 올랐다.

'저 바보 녀석은 내 꼬리를 잘라 버리더니 계속해서 날 괴롭히는군. 밤에도 잠을 자지 않고 일을 해대니 도무지 당해낼 도리가 없어. 하지만 이렇게 당하고 있을 수는 없다. 이번에는 호밀 더미에 숨어 들어가 호밀을 몽땅 썩혀 버릴 테다.'

작은 도깨비는 호밀 더미가 있는 곳으로 가서 숨어들었다. 그런데 호밀을 썩게 만들기도 전에 일을 망치고 말았다. 이반을 괴롭히느라 피곤했던 도깨비는 따뜻한 호밀 더미 속에서 자기도 모르게 그만 잠이 들어 버린 것이었다.

한편 이반은 암말에게 수레를 끌게 하고 누이동생과 같이 호밀단을 나르러 왔다. 수레에 호밀을 두어 단 가량 옮기던 이반은 갈퀴 끝에 이상한 것이 걸리는 느낌을 받았다. 그것은 바로 잠에 빠져 있던 작은 도깨비의 등이었다. 이반은 이상한 생각에 호밀을 이리저리 뒤져 보았다. 그러자 갈퀴에 물컹한 것이 잡혔다. 꼬리가 잘린 작은 도깨비가 갈퀴 끝에 매달려 바동거리면서 빠져나가려고 애를 쓰고 있었다. 그것을 보고 이반이 말했다.

"아니, 이것 봐라. 정말 못된 놈이구나. 다시는 안 나온다더니 또 나온 게야?"

"아닙니다. 그건 저의 친구였어요. 저는 당신의 형인 세몬에게 붙어 있었던 놈입니다."

"그래? 하지만 나는 네가 어떤 놈이건 상관없다."

이반이 작은 도깨비를 땅바닥에 내리쳐 박살을 내려는데 도깨비가 울며 매달렸다.

"한 번만 용서해 주십시오. 다시는 나타나지 않겠습니다. 놓아 주신다면 당신이 바라는 것은 무엇이든 해드리겠습니다."

"음, 그렇게 하지. 그런데 무엇을 할 수 있다는 거냐?"

이반이 묻자 작은 도깨비가 대답했다.

"원하신다면 당신이 원하는 만큼의 군사를 만들어 낼 수 있습니다."

"그렇지만 군사가 내게 무슨 소용이란 말이냐?"

"아닙죠. 주인이 원하면 그들은 무엇이든 해드립니다."

"노래도 부를 수 있단 말이지?"

"부르고말고요."

"그럼, 어디 한번 해보아라."

그러자 작은 도깨비가 이렇게 말했다.

"이 호밀단을 한 단 들어 땅 위에 세워 놓고 흔들면서 그저 이렇게 말하기만 하면 됩니다. '내 종이 내

리는 명령이다. 이 지푸라기 수만큼의 군사가 되어라.' 하고 말입니다."

이반은 호밀단을 땅바닥에 세워 놓고 흔들면서 작은 도깨비가 말한 대로 명령을 내렸다. 그러자 호밀단이 산산이 흩어지더니 지푸라기 수만큼의 많은 군사들이 나타났다. 군사들은 북을 치고 나팔을 불며 흥을 돋웠다. 이반은 너무 재미있어 큰소리로 웃었다.

"보통 솜씨가 아니구나! 이 모습을 여자들이 보면 기뻐하겠는 걸."

"그럼 이제 놓아 주세요."

"아니지. 호밀단으로 군사를 만들면 곡식을 다 버리게 되니 이 군사들을 다시 호밀단으로 되돌려 놓는 방법을 알려주어야지."

그러자 작은 도깨비가 말했다.

"이렇게 하면 됩니다. '군사의 수만큼 호밀짚이 되어라. 내 종의 명령이다.' 라고요."

이반이 그대로 따라하니 다시 호밀단이 되었다. 작은 도깨비는 애원하기 시작했다.

"이제는 저를 놓아 주세요."

"좋아, 놓아 주지."

이반은 작은 도깨비를 갈퀴에서 빼주었다.

"잘 가거라."

이번에도 이반의 말이 채 끝나기도 전에 작은 도깨비는 땅속으로 눈 깜짝할 사이에 사라져 버렸다. 그리고 그 자리에는 구멍이 하나 남았을 뿐이었다.

이반이 일을 마치고 집으로 돌아와 보니 둘째 형인 타라스가 아내와 함께 저녁을 먹고 있었다. 배불뚝이 타라스 역시 큰형과 마찬가지로 빈털터리가 되어 아버지에게 신세를 지러 온 것이었다.

타라스는 이반을 보고 말했다.

"이반, 내가 다시 장사를 시작할 때까지 집사람하고 나를 좀 먹여 살려 주어야겠다."

"그렇게 하세요."

이반은 웃옷을 벗고 식탁에 앉았다. 그러자 타라스의 아내가 입을 열었다.

"나는 이반과 같이 밥을 먹을 수가 없어요. 땀 냄새가 너무 고약해서 숨을 쉴 수가 없어요."

그러자 타라스가 말했다.

"이반, 너는 냄새가 정말 많이 나는구나. 저기 문간에서 먹어라."

"네, 그렇게 할게요."

이반은 자기 몫의 빵을 가지고 밖으로 나가면서 혼자 중얼거렸다.

"그렇지 않아도 밤일을 나갈 시간이 되었어. 또 말에게 먹이를 주어야 하니까."

5

그날 밤, 두 번째 도깨비는 이반을 곤경에 빠뜨리는 데 힘을 보태기 위해 달려왔다. 그런데 밭에 나가 보니 아무도 없고 땅 속으로 뚫려 있는 구멍만 보일 뿐이었다. 그리고 풀밭으로 가 보니 동료의 잘린 꼬리가 눈에 들어왔다. 그리고 호밀밭에서 또 하나의 구멍을 발견했다.

'아무래도 동료들에게 안 좋은 일이 일어난 모양이다. 그렇다면 내가 그 바보 녀석을 책임지는 수밖에.'

작은 도깨비는 이반을 찾으러 탈곡장으로 갔다. 그러나 이반은 이미 들일을 마친 뒤 숲에서 나무를 베고 있었다.

집에 와 있는 두 형제는 같이 사는 것에 이미 싫증을 느끼기 시작했다. 그래서 자기네들끼리 따로 살 집을 짓기 위해 이반에게 나무를 베어 달라고 부탁했다.

작은 도깨비는 숲으로 달려가 나무에 기어올라 이반을 훼방하기 시작했다. 이반은 나무가 쓰러질 때 가능한 다른 나뭇가지에 걸리지 않도록 방향을 잘 잡아서 밑동을 베었는데 나무는 이상하게 엉뚱한 방향으로 쓰러졌다. 다른 나무의 무성한 나뭇가지에 걸려 잘 넘어가지도 않았고, 옮기는 것도 만만치 않았다. 이반은 계속 나무를 베었으나 모두 마찬가지였다. 이반은 한 50그루쯤 벨 계획이었으나 열 그루도 베기 전에 날이 어두워졌다. 이반은 지칠 대로 지쳐 있었다. 몸에서 나는 열기로 그의 주변은 마치 안개가 피어 오른 것 같았다. 그래도 이반은 쉬지 않고 일했다. 이반은 또 한 그루를 베어 눕혔다. 그러자 몸에서 힘이 빠지고 등이 쑤시기 시작했다. 그래서 도끼를 나무에 박아 놓고 조금 쉬려고 앉아 있었다. 작은 도깨비는 이반이 지친 것을 알고 쾌재를 불렀다.

'그러면 그렇지. 지쳐 나가떨어졌군. 나도 이젠 좀 쉬어 볼까.'

작은 도깨비는 나뭇가지에 걸터앉아 내심 기뻐하고 있었다. 그런데 이반은 다시 벌떡 일어나 도끼를 들고 반대쪽에서 나무를 내리쳤다. 나무는 별안간 우지직 소리를 내며 쓰러졌다. 작은 도깨비는 미처 피할 겨를도 없이 나무 사이에 끼이고 말았다. 이반은 나뭇가지 틈에서 꼼짝도 못하고 있는 작은 도깨비를 보고 깜짝 놀랐다.

"아니, 이 고약한 놈이 다시 나타났구나!"

그러자 작은 도깨비는 말했다.

"제가 아닙니다. 저는 당신의 형님 타라스에게 붙어 있었던 놈이에요."

"아니다, 네가 어디 있었건 내가 알 바 아니다."

이반은 도끼를 번쩍 치켜들어 작은 도깨비를 죽이려고 했다. 작은 도깨비는 두 손을 싹싹 빌며 애원하기 시작했다.

"제발 살려 주십시오. 원하시는 것이 있으면 무엇이든 해 드리겠습니다."

"그래? 대체 네가 무엇을 할 수 있다는 거냐."

"나는 당신에게 당신이 원하시는 만큼의 돈을 만들어 드릴 수가 있습니다."

"그럼, 어디 한 번 만들어 보아라."

그러자 작은 도깨비가 말했다.

"이 떡갈나무 잎을 두 손으로 비비십시오. 그러면 금화가 땅바닥에 떨어질 것입니다."

이반은 나뭇잎을 들고 두 손으로 비비기 시작했다. 그랬더니 작은 도깨비 말대로 누런 금화가 잔뜩 쏟아지는 것이었다.

"정말 재미있군. 어린애들하고 놀기에 안성맞춤이야."

"그러면 저를 놓아 주시는 거죠?"

"좋아, 놓아 주지!"

이반은 지렛대를 들고 작은 도깨비를 나무 사이에서 빼내 주었다.

"하느님이 너를 지켜 주시기를."

이반의 말이 떨어지기가 무섭게 작은 도깨비는 땅속으로 숨어들었고, 작은 구멍 하나가 덩그러니 뚫려 있었다.

6

형제들은 집을 지어 따로따로 살기 시작했다. 이반은 들일을 마치고 맥주를 만들어 형님들을 초대했다. 그러나 형들은 이반의 초대에 응하지 않았다.

"우리는 농부들의 음식을 좋아하지 않는다."

그리고는 참석하지 않았다. 그래서 이반은 마을 사람들을 불러 잔치를 베풀고 마시며 즐겼다. 술이 거나하게 취하자 이반은 춤판이 벌어진 큰길로 걸어가 여자들에게 자신을 칭찬해 달라고 부탁했다.

"그러면 나는 여러분이 지금까지 한 번도 본 일이 없는 놀라운 것을 보여 드리겠습니다."

여자들은 이반의 말을 그다지 믿지 않는 눈치였지만 그를 칭찬해 주었다. 그리고 웃으며 말했다.

"이제는 저희들에게 보여 주셔야지요."

"알았어요, 금방 갖고 올게요."

이반은 상자를 들고 숲 쪽으로 뛰어갔다. 여자들은 그 광경을 보고 깔깔 대며 비웃었다.

"어머나, 저 바보 좀 보게!"

그런데 잠시 후 이반이 돌아왔는데 상자는 무엇인가로 가득 차 있었다.

"어때, 나누어 줄까요?"

"뭔데요? 어서 줘 보세요."

이반은 금화를 한 주먹 쥐어 여자들에게 주었다. 그러자 갑자기 소동이 일었다. 금화를 얻기 위해서 주변 여자들이 모두 몰려들었고, 농부들도 질세라 앞 다투어 몰려들었다. 춤판은 금화를 차지하려는 사람들로 난장판이 되었다. 어떤 노파는 하마터면 깔려 죽을 뻔했다. 이반은 그 광경을 보고 껄껄 웃어댔다.

"서로 싸우지 말아요. 더 줄 테니까."

그리고 그는 다시 뿌리기 시작했다. 수많은 사람들이 떼를 지어 몰려왔다. 이반은 상자에 있는

금화를 모두 뿌렸지만 농부들은 더 아우성이었다. 그래서 이반이 말했다.

"이제는 다 없어졌어요. 다음에 또 줄게요. 자, 이제 춤을 추어 볼까? 좋은 노래를 불러 봐요."

여자들은 춤을 추며 노래를 부르기 시작했다.

"이 노래는 별로예요."

이반의 시큰둥한 반응에 여자들이 물었다.

"그럼 어떤 노래가 듣고 싶어요?"

"내가 직접 보여줄게요."

그리고 이반은 헛간으로 가서 호밀단을 하나 세워 놓고 흔들면서 말했다.

"내 종의 명령이노라. 묶은 단 그대로가 아닌 지푸라기 수만큼 병정이 되어라."

그러자 짚이 흩어지면서 군병이 되더니 북과 나팔을 불며 쿵작거렸다. 이반은 군병들에게 노래를 부르라고 명령하고, 그들과 함께 사람들이 모여 있는 곳으로 향했다. 사람들은 눈이 휘둥그레졌다. 그리고 얼마 후 이반은 사람들한테 누구도 자기를 따라와서는 안 된다고 말한 뒤 군병들을 헛간으로 데리고 갔다. 이반은 다시 주문을 외워 군병들을 호밀단으로 되돌리고 그것들을 풀 더미 위에 던져 버렸다.

7

 다음날 아침, 큰형인 세몬이 어제 일어났던 사건에 대해 듣고 이반을 찾아와 말했다.

"나에게 모두 털어놓아라. 너는 도대체 그 군병들을 어디서 데려와서 어디로 데려갔지?"

"그것을 알아서 무엇 하시려고요?"

"무얼 하겠느냐고? 군병들만 있으면 뭐든지 다 할 수 있어. 한 나라를 얻을 수도 있단 말이다."

이반은 깜짝 놀랐다.

"그럼 왜 진작 말씀하시지 않으셨습니까? 그러면 원하시는 대로 얼마든지 만들어 드릴 수 있는데요. 잘 됐네요. 마침 말라냐와 함께 호밀단을 넉넉히 준비해 두었으니까요."

이반은 큰형과 함께 헛간으로 갔다.

"군병은 원하는 대로 만들어 드리겠습니다. 그러나 그 군병을 데리고 떠나야 합니다. 그렇지 않으면 그 군병들이 마을의 양식을 모두 동나게 할 테니까요."

세몬이 군병을 다 데리고 떠나겠노라고 약속하자 이반은 군병들을 만들어 내기 시작했다. 그는 호밀단을 탈곡장에 내리치며 주문을 외웠다. 그러자 1개 중대의 군병이 나타났다. 또 내리치면 또 1개 중대가 되었다. 이리하여 그는 온 들판이 가득 채워질 정도로 수많은 군병을 만들어 냈다.

"어떻습니까? 이 정도면 됐습니까?"

세몬은 매우 기뻐 어쩔 줄을 몰라 하며 말했다.

"됐어, 이제 그만해라. 이반, 고맙다."

"아닙니다. 만일 더 필요하시다면 언제든지 말씀하십시오. 얼마든지 만들어 드리겠습니다. 요즘은 호밀단이 많이 있으니까요."

군인인 세몬이 떠나자 이번에는 배불뚝이 타라스가 찾아왔다. 그도 어제의 일에 대해 들었던 것이다.

"똑바로 말해 다오. 그래, 너는 그 금화를 어디서 얻었지? 만일 나에게 마음대로 쓸 수 있는 돈이 있다면 나는 그걸로

온 세상의 돈을 왕창 긁어모을 수가 있다."

이반은 깜짝 놀랐다.

"그렇습니까? 진작 말씀하시지 않고요. 형님이 원하시는 대로 해드리겠습니다."

형은 매우 기뻐했다.

"나는 씨앗 상자로 세 상자만 있으면 된다."

"그렇게 해드리죠. 숲으로 가시죠. 말을 준비해 가야겠어요. 운반하기가 힘들 테니까요."

형제는 숲으로 갔다. 이반이 떡갈나무 잎을 따서 비비기 시작하자 금화가 뚝뚝 떨어져 수북이 쌓였다.

"이정도면 돼요?"

타라스는 기뻐서 어쩔 줄 몰랐다.

"그래, 충분하다. 고맙다, 이반."

"아닙니다. 더 필요하시면 언제든지 오십시오. 얼마든지 만들어 드리겠습니다. 나뭇잎은 많이 있으니까요."

배불뚝이 타라스는 말에다 금화를 가득 싣고 장사를 하러 떠났다.

이렇게 하여 두 형들은 제각기 길을 떠났다. 세몬은 전쟁터로, 타라스는 장사를 하기 위해서. 그리고 얼마 후, 군인인 세몬은 두 나라를 정복하고 배불뚝이 타라스는 큰 재산을 모았다.

어느 날, 두 형제가 한자리에 모여 그간의 일을 숨김없이 털어놓았다. 세몬은 어디서 군대를 얻었는지에 대해서 또 타라스는 어디서 밑천을 잡았는지에 대하여.

군인인 세몬은 아우에게 말했다.

"나는 나라를 얻어 잘 지내고 있기는 하지만 돈이 넉넉하지 못하단 말이야. 군병을 먹여 살릴 돈이 부족해."

그러자 배불뚝이 타라스가 말했다.

"나는 말이에요. 돈은 어지간히 모았는데 한 가지 곤란한 일은 그것을 지켜 줄 사람이 한 명도 없다는 사실입니다."

이리하여 두 형제는 이반을 찾아왔다. 세몬이 이반에게 말했다.

"이반아, 아무래도 군병이 좀 모자란다. 그러니 군병들을 더 만들어 주었으면 좋겠다. 한두 짚단만이라도."

이반은 고개를 내저었다.

"안됩니다. 형님에게 더 이상 군병들을 만들어 드리지 않겠습니다."

"아니, 왜 그러는 거냐. 저번에는 필요할 때에 언제든지 나에게 만들어 주겠다고 말하지 않았느냐?"

이반이 말했다.

"그야 약속하기는 했었죠. 그러나 이제는 더 이상 만들어 드리지 않겠습니다."

"도대체 왜 그러는 거냐? 어째서 만들어 주지 않겠다는 거야? 이 바보 녀석아!"

"왜냐하면 형님의 군병이 사람을 죽였기 때문입니다. 얼마 전에 길가의 밭을 갈고 있었는데 한 부인이 그 길로 관을 메고 가면서 통곡을 했습니다. 그래서 나는 누가 죽었느냐고 물어 보았죠. 그랬더니 부인이 이렇게 말하는 것이었습니다. '세몬의 군병들이 전쟁에서 내 남편을 죽여 버렸어요.' 라고 말이에요. 나는 군병들이 노래만 부르는 줄 알았는데 그들은 사람을 죽였습니다. 그래서 나는 더 이상 군병을 만들지 않기로 했습니다."

이렇게 말하면서 이반은 더 이상 군병을 만들지 않았다.

한편 배불뚝이 타라스도 이반에게 금화를 더 만들어 달라고 사정했다. 이반은 고개를 내저으며 안 된다고 말했다.

"이제 더 이상 금화를 만들지 않겠습니다."

"어째서 그러지? 네가 분명 얼마든지 만들어 주겠다고 말하지 않았느냐?"

"약속은 했었죠. 하지만 이제는 더 만들지 않겠어요."

이반은 단호히 거절했다.

"어째서 만들지 않겠다는 거야, 이 바보야!"

"왜냐하면, 형님의 금화가 미하일로프에게서 암소를 빼앗아갔기 때문이죠."

"어떻게 빼앗겼다는 거냐?"

"미하일로프에게는 암소 한 마리가 있어서 그의 아이들이 마음 놓고 우유를 마실 수 있었죠. 그런데 얼마 전에 그 어린애들이 나한테 찾아와서 우유를 달라고 계속 졸라 대는 거예요. 그래서 나는 그 아이들에게 물어보았죠. '너희 암소는 어디에 있지?' 그랬더니 끌려갔다는 거예요. 타라스의 관리인이 찾아와 엄마에게 금화 세 닢을 주고 암소를 가져가 버려서 우유를 먹고 싶어도 먹을 수가 없다는 거예요. 나는 형님이 금화를 그저 장난감으로 갖고 있는 줄 알았는데 어린아이들에게서 암소를 빼앗아 가버렸어요. 나는 이제 형님에게 금화를 만들어 드리지 않겠습니다."

이반은 좀처럼 고집을 꺾지 않고 더 이상 금화를 만들어 주지 않았다. 그래서 두 형은 그냥 빈손으로 돌아갈 수밖에 없었다. 가는 길에 두 형은 서로 도울 방법은 없는지 의논했다.

"네가 나에게 군병들을 먹여 살릴 돈을 주고, 나는 너에게 군병들을 보내는 게 어떨까? 네 돈을 지키도록 말이다."

타라스도 동의했다. 두 형제는 서로 도움을 준 끝에 마침내 큰 부자가 되었고, 각자 한 나라의 임금으로 남부러울 것이 없이 살게 되었다.

8

이반은 계속 부모를 공양하며 벙어리 누이동생과 함께 들일을 하고 살았다.

그러던 어느 날, 이반네 집의 늙은 개가 병이 들어 죽게 되었다. 이반은 가여운 생각이 들어 누이동생 말라냐에게 빵을 달라고 해서 개에게 주려고 했다. 모자에 빵을 넣어 갖고 개에게 가서 빵을 던져 주었는데 실수로 모자 속에 넣어 두었던 조그만 뿌리 하나가 땅에 떨어져 개가 그 뿌리도 함께 먹어 버렸다. 그런데 그 뿌리를 먹자마자 개는 기운이 펄펄 나는지 껑충껑충 뛰고 큰소리로 짖어대며 꼬리를 흔들었다.

이반의 부모님은 그 모습을 보고 깜짝 놀랐다.
"너는 무엇으로 개를 낫게 했느냐?"
그러자 이반이 대답했다.
"저는 어떤 병이든 고칠 수 있는 뿌리를 두 개 가지고 있었는데 그 하나를 개가 먹었어요."
그런데 그 무렵, 임금의 딸이 병으로 고생을 하고 있었는데 의사들도 병을 고치지 못해 임금은 방방곡곡에 방을 붙여 누구든 공주의 병을 고쳐 주는 사람에게 큰 상을 내릴 것이라고 했다. 또 그자가 혹시 미혼이라면 공주와 결혼도 시켜 주겠다고 했다.
아버지와 어머니는 이반을 불러 놓고 이렇게 말했다.
"너도 공주의 소식을 들었을 테지? 너는 모든 병을 고친다는 풀뿌리를 가지고 있다고 했는데 그럼 공주의 병을 낫게 해보는 것이 어떻겠느냐? 그럼 너는 한평생 행복을 누리게 될 테니 말이다."
"그럼, 부모님 말씀대로 해보겠습니다."
이반은 바로 떠날 준비를 했다. 나들이옷으로 갈아입고 집을 막 나서는데 문 앞에서 손이 굽은 여자 걸인이 말을 걸었다.
"소문에 당신은 어떤 병이든 다 고칠 수 있다고 들었는데 내손도 좀 낫게 해주세요. 이 손으로는 신발도 제대로 신지 못해요."

이반이 대답했다.

"고쳐 주지."

말이 끝나기가 무섭게 이반은 풀뿌리를 꺼내 여자 걸인에게 주었다. 여자는 그것을 받아먹었다. 그러자 갑자기 굽은 손이 펴지더니 말짱해지는 것이었다. 부모님은 이반을 임금에게 데리고 가려고 했는데 이반이 한 개밖에 없는 풀뿌리를 여자 걸인에게 주어 버리자 화를 내며 욕을 퍼붓기 시작했다.

"그래 거지 따위는 가엾게 여기고 공주는 가엾지 않다는 것이냐? 그렇단 말이냐, 이놈아!"

그러자 이반은 공주도 가여운 생각이 들었다. 그는 말에 수레를 채우고 급히 짚을 싣고 그 위에 앉아 떠나려고 했다.

"그래, 도대체 너는 어디로 가려는 거냐! 바보 녀석아!"

"공주님을 고쳐 드리려고 떠나는 겁니다."

"그러나 너에게는 공주님의 병을 낫게 할 풀뿌리가 없지 않느냐?"

"걱정할 것 없어요."

이반이 말을 몰아 궁궐에 도착하자마자 공주의 병은 금

세 나왔다. 임금님은 크게 기뻐하여 신하에게 이반을 불러오라 명하고 비단옷을 입혔다. 그리고 이반에게 말했다.

"이제부터 그대는 짐의 사위로다."

"네, 황공합니다."

그리하여 그는 공주와 결혼했다. 그리고 임금이 곧 죽어 이반은 임금이 되었다. 이렇게 하여 세 형제는 모두 임금이 되었다.

9

세 형제는 저마다 자신의 나라를 훌륭히 다스렸다. 맏형인 군인 세몬은 그야말로 풍요롭게 살고 있었다. 그는 짚으로 만든 군병을 주축으로 진짜 군병도 모집했다. 그는 열 집마다 군병 한 명씩을 차출하되 그 군병은 키가 커야 하고 살갗이 희며 얼굴이 잘생겨야 한다는 법령을 제정했다. 세몬은 가능한 군병을 많이 모집해 최고의 군병으로 훈련시켰다. 누구든 그에게 대항하거나 복종하지 않으면 군병들에게 혼쭐이 났다. 그래서 나라의 모든 사람들은 세몬을 두려워했다.

그의 생활은 정말로 호화로웠다. 그가 생각하는 것, 그의 눈에 보이는 것은 모두 그의 뜻대로 되었다. 군대만 동원하면 그의 군병들은 그가 원하는 것은 무엇이든 빼앗아오거나 끌어왔다.

배불뚝이 타라스의 생활도 호화롭기 그지없었다. 그는 이반에게서 얻은 돈을 낭비하지 않고 그것을 밑천으로 큰 재산을 모았다. 그 역시 자기 나라에 그럴듯한 법을 만들었다. 그는 자기 돈은 금고에 넣어 두고 백성에게서 교묘히 돈을 뽑아냈다. 인두세, 통행세, 거마세, 주세, 결혼세, 장례세를 비롯하여 심지어는 짚신세, 각반세, 옷끈세까지 뜯어냈다.

그에게는 세상에 존재하는 모든 물건이 있었는데 돈이 없는 백성들이 물건이나 가축 등을 그에게 가져왔기 때문이었다. 한편 너무나 가난한 백성들은 물건도 없어 노역으로 세금을 대신하기까지 했다.

바보 이반의 생활도 그다지 나쁘지는 않았다. 임금의 장례가 끝난 후 그는 임금의 옷을 벗어 왕비의 옷장에 집어넣게 했다. 그리고 다시 작업복에 짚신을 신고 일을 했다.

"도무지 따분해서 못 견디겠다. 배만 자꾸 커지고 마음대로 먹을 수도, 잠을 잘 수도 없는 형편이야."

그래서 그는 부모님과 누이동생 말라냐를 궁으로 불러

옛날처럼 일을 하며 함께 살기 시작했다. 사람들은 그에게 이렇게 말했다.

"당신은 임금님이 아니십니까?"

"상관없어. 임금도 먹어야 하니까."

얼마 후 대신들이 들어와 이렇게 말했다.

"임금을 지불해야 하는데 국고가 텅텅 비었사옵니다."

"걱정할 것 없어. 돈이 없으면 주지 않으면 그만이잖소."

이반 임금이 대답했다.

"그러면 아무도 일을 하지 않을 것입니다."

"다들 좋을 대로 하라고 하시오. 일을 안 해도 좋소. 결국 자유롭게 일들을 하게 될 테니까. 모두들 거름이나 가져오게 해. 그들이 거름을 많이 만들어 놓았을 테니까."

이번에는 백성들이 이반에게 재판을 해달라고 찾아왔다. 한 사람이 말했다.

"이놈이 내 돈을 훔쳤사옵니다."

그러자 이반이 말했다.

"아, 그래? 좋아, 좋아! 저 사람은 돈이 필요했던 거야."

이렇게 해서 나라의 모든 사람들이 이반이 바보라는 것을 알게 되었다. 그래서 왕비는 그에게 말했다.

"모두들 임금님을 바보라고 말하고 있사옵니다."

"아, 걱정하지 말아요."

이반의 아내는 생각하고 또 생각했다. 그러나 역시 그녀도 바보였다.

"제가 어떻게 남편을 거역할 수 있겠습니까? 바늘이 가는 대로 실은 따라가야 하니까요."

이렇게 말하고는 그녀도 왕비의 옷을 벗어 옷장 속에 집어넣고 벙어리 처녀에게 농사를 배우러 갔다. 그리고 일을 배운 뒤 남편을 도왔다.

이반의 나라에 남아 있는 사람들은 바보들뿐이었다. 똑똑한 사람들은 모두 그 나라를 떠났다. 돈이란 것은 어느 누구에게도 없었다. 모두가 스스로 일을 하여 먹고 살며 서로 도와주면서 살아갔다.

10

 두목 도깨비는 작은 도깨비들로부터 어떻게 세 형제를 파멸시켰는지에 대한 소식이 오기만을 학수고대하고 있었다. 그러나 오랜 시간이 지나도 아무런 소식이 없었다. 그래서 어떻게 된 영문인지 알아볼 양으로 직접 찾아 나섰지만 찾아낸 것은 세 개의 구멍뿐이었다.

 '음, 아무래도 실패한 게로군. 그렇다면 내가 직접 해치울 수밖에 없지.'

 그는 세 형제를 찾아 갔으나 그들은 이미 살던 곳을 떠나고 없었다. 그는 세 형제를 각기 다른 곳에서 찾아냈다. 셋은 모두 나라를 다스리고 있었다.

두목 도깨비는 혼잣말로 중얼거렸다.
"할 수 없군. 내가 직접 나서야겠어."
그는 먼저 군인인 세몬의 나라로 갔다. 두목 도깨비는 장군으로 위장하여 세몬을 찾아갔다.
"세몬 왕께서는 아주 훌륭한 군인이라고 들었습니다. 저는 경험이 부족해 군사와 전쟁에 대해 아는 바가 별로 없지만 그래도 전하께 이 한 몸을 바치고자 합니다."

세몬 임금은 그에게 여러 가지를 물은 뒤 그가 꽤 능력 있는 장군임을 알게 되었다. 그래서 바로 그를 채용했다.

새로 기용된 장군은 강력한 군대를 만드는 방법을 세몬 왕에게 제시했다.

"우선 최대한 아주 많은 군병을 모집해야 할 필요가 있습니다. 왜냐하면 이 나라에는 편안하게 지내려는 백성이 너무 많습니다. 젊은 사람들은 무조건 모두 징집하셔야 합니다. 그들은 임금을 위해 싸울 것이며, 그렇게 되면 젊은 여성들도 마음대로 부릴 수 있을 것입니다. 그리고 신식 소총과 대포를 만들지 않으면 안 됩니다. 명령만 내려 주시면 단번에 백발의 총알이 나가는 소총을 만들겠습니다. 그리고 또 무엇이나 태워 버리는 무서운 성능의 대포도 만들겠습니다. 이 대포는 사람이나 성벽, 무엇이든 가리지 않고 다 태워 버리고 말 것입니다."

세몬 임금은 새로 채용된 장군의 제안을 받아들였다. 그래서 젊은이는 모두 군대에 징집할 것을 명령하고, 또 공장을 지어 신식 소총과 대포를 만들어 곧 이웃 나라를 점령할 계획을 세웠다. 그리고 전쟁이 시작되자마자 세몬 임금은 군병들에게 적군을 향해 총포를 퍼부으라고 명령하여 적군을 단번에 쳐부수고 절반을 불태워 버렸다. 이웃 나라 임금은 곧 항복했다. 세몬은 크게 기뻐하며 말했다.

"이번에는 인도를 정복할 테다."

그런데 인도의 왕은 세몬의 소문을 듣고 그의 전술과 전략을 완전히 파악한 뒤 대책을 세우기 시작했다. 그는 스파이를 심어 소총과 대포 만드는 법을 빼온 뒤 공중에서 터지는 폭탄까지 개발했다.

세몬은 인도를 침략했으나 인도의 군병들은 전혀 겁먹지 않고 대항했다. 그들은 세몬의 군대가 사정권 안으로 들어가기도 전에 공중에서 폭탄을 터트려 군병들을 혼비백산하게 만들었다. 머리 위에서 터지는 폭탄으로 세몬의 군대는 겁을 먹고 도망가 뿔뿔이 흩어졌고, 결국에는 세몬만 남아 '걸음아 날 살려라.' 하고 정신없이 도망쳐 버렸다.

두목 도깨비는 맏형 세몬을 해치우자 이번에는 타라스를 찾아갔다. 그는 상인으로 변장하여 타라스의 나라에서 자리를 잡고 많은 사람에게 선심을 베풀며, 돈을 물 쓰듯 썼다. 그는 물건을 비싼 값으로 사 주었기 때문에 백성들은 모두 돈을 벌겠다고 두목 도

깨비를 찾아왔다. 이리하여 백성들의 주머니 사정은 좋아졌고, 돈이 풍족하니 세금도 제때 내게 되었다.

어떤 세금이든 백성들이 척척 내자 타라스 임금은 매우 기뻐했다.

"참 고마운 상인이군. 내 나라는 점점 많은 돈이 생겨나고 살기가 더욱 좋아지고 있다."

그에게는 갈수록 더 많은 돈이 생겼고, 삶은 더욱 윤택해졌다. 그래서 타라스 임금은 새로운 계획을 세우고 새 궁전을 짓기 시작했다. 목재며 돌을 날라 오게 하고, 새 궁전 짓는 일에 종사하는 모든 백성에게는 비싼 품삯을 주기로 했다. 타라스 임금은 그 정도의 돈이면 백성들이 일을 하기 위해 벌떼처럼 몰려들 것이라 생각했다. 그런데 나라 안의 모든 목재와 돌은 그 상인에게 가고 있었다. 또 일꾼들도 그 상인에게 몰려갔다. 그래서 타라스 임금은 품삯을 대폭 올렸다. 그러자 상인도 더 많은 품삯을 올려 일꾼들은 전혀 꿈쩍도 하지 않았다. 타라스 임금은 많은 돈을 가지고 있었지만 상인은 그보다 더 많은 돈을 갖고 있었다. 결국 궁전은 착공만 해놓고 좀처럼 완성되지 못하고 있었다.

가을이 되자 타라스 임금은 정원을 만들려고 계획한 뒤 백성들을 불러 모았다. 하지만 아무도 오지 않고 상인의 연못을 만들기 위해 몰려갔다. 그리고 겨울이 닥쳤다. 타라스 임금은 새로운 모피 코트를 만들기 위해 검은담비의 가죽을 사려고 사신을 보냈다. 그러나 사신이 돌아와 말했다.

"담비는 없사옵니다. 그 상인이 모조리 사 버렸기 때문입니다. 그자는 비싼 값을 주었고, 담비 가죽으로 방석까지 만들었다고 하옵니다."

또 타라스 임금은 종마를 사기 위해 신하를 보냈으나 그 신하 역시 빈손으로 돌아왔다. 그리고는 좋은 종마는 그자가 다 사 버리고, 그 말은 상인의 연못에 채울 물을 운반하는 데 사용되고 있다고 말했다.

백성들은 모두 임금의 일에는 관심이 없었고, 상인의 일에만 매달렸다. 그리고 상인으로부터 받은 돈으로 임금에게 세금을 내기만 했다. 결국 타라스 임금은 돈이 너무 넘쳐나 그것을 간수하기조차 어려울 지경이 되었다. 하지만 생활은 점점 불편해졌다. 그래서 타라스 임금은 돈을 모으는 일은 접어 두고 당장에 살 궁리를 하게 되었다. 모든 일상생활이 불편하고 궁색해졌기 때문이었다. 요리사들도, 하인들도, 사제도, 여자들도 모두 그를 떠나 상인에게 갔다. 마침내 식량이 떨어져 시장에서 식량을 사려고 했지만 그마저도 살 수 없었다. 물

 건들을 그 상인이 몽땅 사 버렸기 때문이었다. 타라스 임금이 가진 것이라곤 그저 돈뿐이었다. 아무 것도 살 수 없는 쓸모없는 돈.

타라스는 화가 머리 끝까지 치밀어 올라 상인을 나라 밖으로 추방해 버렸다. 그러나 상인은 국경 근처에 버티고 앉아 여전히 똑같은 일을 하고 있었다. 사람들은 여전히 상인의 일에만 매달렸다. 그래서 타라스 임금은 며칠씩 굶는 날까지 생겼다. 또 상인이 임금에게서 왕비를 빼내 오려고 한다는 소문이 돌았다. 타라스 임금은 실성한 사람처럼 무엇을 어떻게 해야 할지를 몰랐다.

어느 날 세몬이 타라스에게 찾아와서 말했다.

"날 도와다오. 나는 인도 왕에게 패배하여 도망 다니는 처지가 되었다."

그러나 배불뚝이 타라스도 아무 힘이 없는 처지였다.

"저도 이틀이나 아무것도 먹지 못하고 굶고 있는 형편이에요."

11

 두목 도깨비는 두 형제를 궁지에 몰아넣고 마지막으로 이반을 찾았다. 장군으로 변장하여 이반에게 찾아가 군대를 조직할 것을 권했다.

"임금께서 군대가 없이 지내신다는 것은 체통에 먹칠을 하는 일이옵니다. 명령만 내리신다면 임금의 백성 중에서 군병들을 모집하여 훌륭한 군대를 만들어 드리겠습니다."

이반은 그의 말을 듣고 말했다.

"그것도 좋군. 그럼 만들어 보시오. 그리고 군병들이 노래를 잘 부르도록 훈련하시오. 난 그걸 제일 좋아하니까."

두목 도깨비는 이반의 나라를 돌아다니면서 지원병을 모

 집하기 시작했다. 군대에 지원하는 자는 누구에게 나 비싼 보드카 한 병과 빨간 모자를 주겠다고 약속했다.

그러자 바보들은 비웃으며 말했다.

"술은 우리에게 얼마든지 있어. 술은 우리 손으로 만드니까 말이야. 그리고 모자도 원하는 것은 여자들이 모두 만들어 주지. 얼룩덜룩한 것이나 레이스가 달린 것까지."

이리하여 어느 누구 하나 군대에 지원하는 자가 없었다. 두목 도깨비는 이반을 찾았다.

"폐하의 백성들은 바보들이라 지원해서 군병이 되려고 하지 않사옵니다. 그러니 권력을 써서 그들을 끌어와야 하옵니다."

"그래, 그것도 좋은 생각이군. 그럼 권력을 써서 군대를 만들어 보시오."

그래서 두목 도깨비는 명령을 내렸다.

"이 나라 바보들은 모두 군병이 되어야 하며, 만일 이 명령을 거역하는 자는 이반 임금께서 사형을 내릴 것이다."

바보들은 장군에게 몰려와 이렇게 말했다.

"만일 우리들이 군병이 되지 않으면 임금께서 사형을 내리실 것이라고 말씀하시는데, 군대에 지원하게 되면 어떻게 되는지에 대해서는 왜 말해 주지 않습니까?. 군병이 되면 목숨을 잃는다는 말이 있던데요."

"그렇지, 전쟁에 나가면 그럴 수도 있을 것이다."

그 말을 들은 바보들은 고집을 부리며 지원하지 않았다.

"그렇다면 우리는 나가지 않겠습니다. 그럴 바에는 차라리 집에서 죽겠어요. 어떻게 하든 죽기는 마찬가지니까."

"네놈들은 정말 바보들이로구나. 군병이 되었다고 반드시 죽는 것은 아니야. 그러나 군병이 되지 않으면 틀림없이 이반 왕에게 죽음을 당하고 말 것이다."

바보들은 곰곰이 생각하다가 이반 왕에게 갔다.

"장군님께서 우리들에게 모두 군병이 되라고 명령하고 계시옵니다. 군대에 나가면 죽을지 살지 모르지만 나가지 않으면 이반 왕께서 우리를 사형에 처한다고 말씀하셨다는데 그게 정말이옵니까?"

이반은 껄껄 웃었다.

"어찌 나 혼자서 그대들 전부를 죽일 수 있겠느냐? 내가 만일 바보가 아니라면 그대들에게 잘 설명해 줄 텐데 어떻게 된 영문인지 나도 잘 모르겠구나."

"그러면 우리들은 군대에 나가지 않겠습니다."

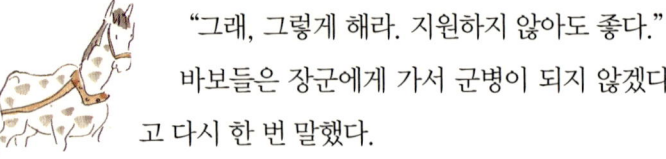
"그래, 그렇게 해라. 지원하지 않아도 좋다."
바보들은 장군에게 가서 군병이 되지 않겠다고 다시 한 번 말했다.

두목 도깨비는 일이 잘 되지 않음을 알고 이웃 나라의 타라칸 왕에게 가서 전쟁을 하도록 부추기기 시작했다.

"이번 기회에 싸움을 걸어서 이반 왕을 정복해 버립시다. 그 나라에는 돈은 없지만 곡식이나 가축, 그밖에 모든 것이 풍부합니다."

타라칸 왕은 전쟁을 벌이기로 했다. 먼저 대규모 군사를 모으고 총과 대포를 준비한 뒤 이반의 나라로 향했다.

사람들은 이반에게 이렇게 말했다.

"타라칸 왕이 전쟁을 시작했습니다."

"뭐, 별일 있으려고. 할 테면 하라고 해."

타라칸 왕은 국경을 넘자마자 먼저 선발대를 파견하여 이반의 군대의 동정을 은밀히 살폈다. 하지만 이곳저곳을 돌아다녔지만 군병 같은 것은 어디에도 보이지 않았다. 어디에 숨어 있을지도 모른다는 생각에 오랜 시간을 기다렸으나 군대는 전혀 보이지 않았고, 어떤 소문도 들리지 않았다.

누구와 싸우려야 싸울 상대가 없었던 타라칸 왕은 군병들을 보내어 마을을 점령하게 했다.

군병들이 한 마을에 들이닥쳤다. 바보들은 군병들을 보고 깜짝 놀란 눈치였다. 군병들은 바보들에게서 곡식이나 가축을 약탈했다. 바보들은 무엇이나 거리낌 없이 내어 주고, 자신들을 방어하기는커녕 오히려 군병들에게 이곳에 와서 살라고 권유했다.

상황은 다른 마을도 모두 마찬가지였다. 군병들은 여러 곳을 다녔으나 어디든 마찬가지였다. 하나같이 자신들의 것을 다 내주었고, 어느 한 사람 애써 지키려 하지 않았다.

"이것 보세요. 만일 당신의 나라에서 살기가 어렵거든 모두 우리나라에 와서 사세요."

어디에서도 군대는 보이지 않았고, 백성들은 모두 스스로 일해서 먹고 살았으며, 남도 먹여 살렸다. 군병들은 차츰 따분해지기 시작했다. 그래서 타라칸 왕에게 가서 말했다.

"저희들은 전쟁을 할 수가 없습니다. 저희들을 다른 나라에 보내 주십시오. 전쟁이 났으면 좋겠는데 이건 어떻게 된 셈인지 모르겠습니다. 이 나라에서는 약하고 힘없는 사람을 참살하는 것 같아 더 머물고 싶은 마음이 없습니다."

타라칸 왕은 화가 치밀어 군병들에게 명령했다.

"온 마을을 헤집고 다니며 집과 곡식을 불사르고, 가축들을 죽여 버려라. 만일 내 명령에 불

복하는 놈이 있으면 누구든 목숨을 버릴 각오를 해라."

군병들은 왕의 명령대로 실행하기 시작했다. 그들은 집과 곡식을 불태우고 가축들을 닥치는 대로 죽이기 시작했다. 하지만 바보들은 그래도 대항하지 않고 주저앉아 울기만 할 뿐이었다. 남녀 노소 할 것 없이 모두 울었다.

"무엇 때문에 우리를 못살게 구는 거냐? 왜 우리 재산을 빼앗는 거냐? 필요하면 차라리 모두 갖고 가면 되지 않냐?"

그들은 울기만 할 뿐이었다.

군병들은 착잡하고 우울해졌다. 그래서 더 이상 돌아다니지 않고 난동을 피우지도 않았다. 마침내 군병들은 모두 다 흩어지고 말았다.

12

 군대의 힘으로는 이반의 나라를 골탕 먹이지 못한 두목 도깨비는 다시 멋진 신사로 위장하여 이반의 나라에 왔다. 배불뚝이 타라스처럼 돈으로 골탕을 먹이려고 생각했다.

 "나는 당신들에게 훌륭한 지식을 전해 주고자 합니다. 우선 이 나라에 집을 짓고 장사를 시작하겠습니다."

 "그것 좋은 생각이요. 그럼 여기서 사시죠."

 한 사람이 신사에게 머물 곳을 마련해 주었다.

 하룻밤을 지내고 다음날 아침, 그는 금화가 들어 있는 커다란 자루와 종이를 가지고 광장에 나가서 이렇게 말했다.

 "여러분들에게 인간답게 사는 것이 무엇인지를 알려 드

리고자 합니다. 먼저 이 도면처럼 집을 지어 보십시오. 여러분은 일을 하고 지시는 내가 하겠습니다. 그리고 내 말에 따르면 이 금화를 드리겠습니다."

그렇게 말하고 그는 금화를 꺼내 보였다. 바보들은 깜짝 놀랐다. 그들에게는 돈이란 것이 없었기 때문이었다. 필요한 것은 서로 물물교환으로 얻었고, 일을 할 때는 공동으로 했기 때문에 그들은 금화를 보고 놀랐다.

"그것 참 보기 좋군. 장난감으론 그만이야."

바보들은 금화를 얻기 위해 물건을 가져가기도 하고, 노동을 하기도 했다. 두목 도깨비는 타라스의 나라에서 했던 것처럼 누런 금화를 마구 떨어뜨렸다. 그러자 사람들은 금화와 물건을 바꾸기도 하고, 온갖 궂은일을 해주고 금화를 받기도 했다. 두목 도깨비는 속으로 신이 나서 이렇게 생각했다.

'이 정도면 일이 잘 풀리고 있다는 징조야. 이번에야말로 바보 이반 녀석을 타라스처럼 엉망으로 만들어 버려야지. 그 녀석이 다시는 일어나지 못하게 말이야.'

그런데 바보들은 금화를 얻자마자 목걸이를 만들어 여자들에게 선물했다. 여자들은 목걸이로 혹은 다른 장식용으로 사용했다. 그리고는 더 이상 금화를 얻으려고 하지 않았다. 신사는 아직 시작일 뿐인데 바보들이 더 이상 자신을 찾아오지 않자 난감해졌다. 궁궐 같은 집은 아직 반도 완성되지 않았고, 곡식도 많이 부족했다. 그래서 신사는 더욱 많은 금화를 주겠다며 바보들을 불러 모았다.

그러나 누구 한 사람 일하러 오는 자가 없었고, 물건을 가지고 오는 사람도 없었다. 가끔 아이들이 금화를 바꾸거나 물건을 날라다 주고 금화를 받는 정도였다. 마침내 신사는 먹을 것마저 부족한 지경에 이르게 되었다. 그래서 식량을 사려고 마을 안을 기웃거렸다. 신사는 한 집에 이르러 닭을 사려고 금화를 내보였다. 그러나 여주인은 그것을 받으려 하지 않았다.

"그런 것은 우리 집에도 많이 있어요."

이번에는 한 어부 집에 들러 고기를 살 양으로 금화를 내밀었다.

"이런 것은 필요 없어요. 아이들이 없어서 가지고 놀 사람이 없죠. 모두들 귀한 물건이라고 해서 나도 세 닢을 가지고 있어요."

두목 도깨비는 다음엔 빵을 사려고 농부의 집에 들러 금화를 꺼냈다. 그러나 이 농부 역시 금화를 받지 않았다.

"우리 집에는 필요 없습니다. 그러나 하느님을 위해 자비를 베풀 수는 있지요. 잠깐만 기다려 주시오. 집사람에게 빵을 잘라 오도록 할 테니까요."

두목 도깨비는 기분이 상해 바닥에 침을 뱉고는 재빠르게 농부 집에서 도망쳐 나왔다. 하느님 때문에 베푸는 선심을 받아들일 수는 없었다. 하느님이란 말만 들어도 겁이 났기 때문이다.

이렇게 해서 두목 도깨비는 빵도 얻지 못했다. 사람들은 모두 금화를 충분히 가지고 있었다. 어디를 가도 두목 도깨비의 금화를 탐내는 사람은 없었다.

"무엇인가 다른 것을 가져 오거나, 일을 하러 오거나, 그렇지 않으면 하느님의 이름으로 차라리 동냥을 하러 오구려."

하지만 두목 도깨비는 금화 외에는 아무것도 가진 것이 없었다. 더군다나 일하기는 더욱 싫었으며, 그렇다고 동냥을 할 수도 없었다. 두목 도깨비는 화가 치밀어 올랐다.

"이게 도대체 어떻게 된 노릇인가. 돈만 있으면 무엇이든 살 수 있고, 어떤 일꾼도 부릴 수 있는데 말이다."

그러나 바보들은 그의 말을 들은 척도 하지 않고 말했다.

"정말 그런 건 필요 없어요. 이 나라에서는 계산이나 세금 따위가 없으니까요. 그깐 돈은 가져도 쓸 곳이 없어요."

두목 도깨비는 저녁도 못 먹고 잠자리에 들었다.

이 신사에 대한 소문은 바보 이반의 귀에도 들어갔다. 백성들이 그에게 찾아와 이렇게 말했기 때문이다.

"도대체 우리는 어찌 하오리까? 얼마 전부터 우리 마을에 훌륭한 신사가 찾아와서 살고 있습니다. 그런데 그는 맛있는 것을 먹고 좋은 술을 마시며 항상 깨끗한 옷만 입습니다. 하지만 일하기를 싫어하는데다 동냥도 하지 않고 그저 금화라는 것만 내놓습니다. 마을에 금화가 없을 때에는 모두 신사에게 무엇이든지 다 갖다 주었는데, 이제는 그 어느 것도 주려는 사람이 없습니다. 이 신사를 어떻게 하오리까? 굶어 죽지나 않아야 할 텐데 말입니다."

이반은 다 듣고 나서 이렇게 말했다.

"그럼, 그렇고말고. 먹여 주어야 하느니라. 양치는 목자처럼 집집마다 돌아다니면서 얻어먹게 하여라."

두목 도깨비는 할 수 없이 이집 저집 돌아다니며 얻어먹어야 했다. 그러다 이반의 궁궐에까지 오게 되었다. 점심 무렵 두목 도깨비가 이반의 궁에 도착했을 때 벙어리 누이동생 말라냐가 식사 준비를 하고 있었다. 그녀는 지금까지 게으름뱅이들을 여럿 보아왔다. 게으름뱅이들은 일도 하지 않으면서 제일 먼저 밥

을 먹으러 와서는 준비해 놓은 맛있는 음식을 다 먹어치우고 부리나케 가곤 했다. 그녀는 손만 보고도 어떤 사람이 게으름뱅이인지 분간할 수 있었다. 그래서 그녀는 하나의 원칙을 정했는데 손에 못이 박힌 사람은 식탁에 앉을 수 있게 했지만 굳은살이 없는 사람은 먹고 남은 찌꺼기를 주는 것이었다.

두목 도깨비가 식탁에 앉자 벙어리 처녀는 슬쩍 그의 손을 보았다. 못이 박히지 않은데다 깨끗하고 매끈한 손에는 손톱까지 길게 자라 있었다. 벙어리 처녀는 알 수 없는 소리를 지르더니 도깨비를 식탁에서 끌어내렸다.

그러자 이반의 아내가 두목 도깨비에게 말했다.

"화내지 마세요. 우리 아가씨는 손에 못이 박히지 않은 사람은 식탁에 앉히지 않기로 하고 있으니까요. 자, 잠깐만 기다려 주세요. 다들 먹고 난 후에 남은 것을 드세요."

두목 도깨비는 화가 났다.

'나에게 돼지에게 주는 것을 먹이려 하고 있구나.'

그는 이반에게 말했다.

"폐하의 나라에는 모든 사람이 손으로 일을 해야만 하는 미련한 법률이 있군요. 그러나 이것은 여러분들이 어리석기 때문에 만들어진 것입니다. 영리한 사람은 무엇으로 일하는지 아십니까?"

그러자 이반이 말했다.

"바보들인 우리가 어찌 그런 것을 알겠는가? 우리들은 무슨 일이든 손을 이용해서 하고 있지."

"그것은 이를테면 여러분들이 바보이기 때문입니다. 그렇다면 내가 어떻게 머리로 일을 하는 것인지, 그 방법을 알려 드릴까 합니다. 그러면 여러분들도 아시게 될 것입니다. 손보다 머리로 일하는 편이 훨씬 이득이 많다는 것을."

이반은 놀랐다.

"그렇군. 우리가 바보라 불리는 것도 무리는 아니야."

두목 도깨비는 설명하기 시작했다.

"그러나 그것이 쉬운 일은 아닙니다. 머리로 일하는 것이 말입니다. 나의 손에 못이 박히지 않았다고 해서 지금 여러분들은 나에게 먹을 것을 안 주시는데 그것은, 즉 이러한 사실을 모르기 때문입니다. 머리로 일하는 것이 얼마나 어려운지를 말입니다. 때로는 머리가 깨지는 아픔도 느낍니다."

이반은 생각했다.

"어째서 그대는 자기 자신을 그렇게 괴롭히는가? 머리가 깨지는 아픔이라니, 정말 쉬운 일이 아니군! 그러면 차라리 손을 쓰고 몸을 이용해서 일을 하는 게 더 쉽지 않겠는가?"

그러자 두목 도깨비는 말했다.

"제가 제 자신을 괴롭히면서까지 여러분을 돕는 것은 여러분들을 불쌍히 여기기 때문입니다. 만일 제가 괴롭다고 해서 여러분을 돕지 않는다면 여러분은 영원히 바보로 남게 될 것입니다."

"그럼 가르쳐 주게. 손이 지쳤을 때 머리로 대신 일할 수 있는 방법을."

두목 도깨비는 그것을 가르쳐 주겠다고 약속했다.

이반은 온 나라에 방을 붙였다.

훌륭한 신사가 여러분들에게 머리로 일하는 법을 가르쳐 주기로 했다. 머리로 일하는 것은 손으로 일하는 것보다 더 많은 일을 할 수 있다. 모두들 배우러 나오라.

신사가 머리로 일하는 방법을 가르쳐 주기로 한 날, 사람들은 높은 망대를 만들고 올라갈 수 있는 사다리를 놓고, 그 위에 연단을 준비했다. 이반은 신사가 잘 보이도록 높은 망대의 연단으로 안내했다.

바보 백성들은 구경하려고 구름처럼 모여들었다. 바보들은 손을 쓰지 않고 머리로 일하려면 어떻게 해야 하는지를 신사가 진짜로 보여 주는 것이라고 생각했다. 그러나 두목 도깨비는 망대 위에 서서 열심히 떠들어 댔다. 입으로만 어떻게 하면 일을 하지 않고 살아갈 수 있는가를 지껄일 뿐이었다. 바보 백성들은 도무지 이해할 수 없었다. 그래서 계속 바라보다가 차츰 각자의 일자리로 흩어져 버렸다.

두목 도깨비는 온종일 망대 위에 서 있었다. 그 다음날도 여전히 그곳에 서 있었다. 그리고 연신 떠들어 댔다. 그는 배가 고파 무엇이라도 먹고 싶었다. 그러나 백성들은 저 신사가 정말 자신의 말대로 손보다 머리로 일을 훨씬 더 잘할 수 있다면 자기가 먹을 빵쯤이야 마음대로 만들 수 있을 것이라고 생각했다. 그래서 누구도 그에게 빵을 주지 않았다. 두목 도깨비는 그 다음 날도 연단에서 계속 떠들어 댔다. 그러나 사람들은 가까이 와서 잠시 듣다 갈 뿐이었다.

이반은 종종 사람들에게 물어보았다.

"어떻던가? 그 신사는 머리로 일을 하던가?"

"아닙니다. 그는 계속 떠들어 대기만 하고 있사옵니다."

두목 도깨비는 역시 온종일 망대 위에 서 있었고, 이제는 지쳐서 비틀거리기 시작했다. 한참을 휘청거리더니 그만 기둥에 머리를 들이받았다. 그것을 본 한 사람이 이반의 아내에게 알렸고, 이반의 아내는 남편에게 말했다.

"자, 구경하러 가요. 드디어 신사가 머리로 일하기 시작한 모양입니다."

"그게 정말이오?"

이반은 말을 몰아 망대로 달려갔다. 도깨비는 굶주림에 너무 지쳐서 비틀거리더니 기둥에 머리를 박았다. 그러더니 이반이 가까이 다가가자 요란한 소리를 내면서 사다리 아래로 굴러 떨어지고 말았다.

"아하!" 하고 이반은 감탄하듯 말했다.

"언젠가 이 신사가 머리가 깨지는 아픔을 느낀다고 하더니 과연 정말인걸. 이건 손에 못이 박히는 것과는 비교가 안 되겠군. 저렇게 일을 하다가는 머리가 온통 혹으로 부풀어 오를지도 몰라."

두목 도깨비는 사다리 아래로 굴러 떨어져 땅바닥에 머리를 박고 말았다. 그런데 신사가 얼마나 많은 일을 했는가를 살펴보려고 이반이 가까이 다가간 순간, 땅바닥이 쫙 갈라지더니 두목 도깨비가 땅 속으로 사라져 버렸다. 다만 그 자리에 구멍이 하나 뚫려 있을 뿐이었다.

이반은 머리를 긁적거리면서 말했다.

"아, 이런 망할 게 다 있나. 또 그놈이었단 말이냐! 그놈들의 아비가 틀림없으렷다. 별 희귀한 놈을 다 보겠구먼!"

이렇게 해서 이반은 도깨비의 농간에 넘어가지 않았고, 오늘날까지도 많은 사람들이 그의 백성으로 살기 위해 몰려오고 있다. 두 형들도 그를 다시 찾아왔기 때문에 이반은 그들을 받아들여 같이 살고 있다.

또 그 누구라도 찾아와 "우리들을 좀 돌봐주십시오." 하면, "그렇게 하시오. 이곳에 와서 사시오. 여기는 무엇이든 풍족하니."라고 말했다.

그러나 이 나라에서 살려면 단 하나의 규칙을 지켜야 했다. 그것은 바로 식탁에서의 규칙이었다.

'손에 못이 박힌 자는 식탁에 앉아 편히 식사할 수 있지만 못이 박히지 않은 사람은 먹다 남은 음식을 먹어야 한다.'

톨스토이 단편선

톨스토이 지음
김이랑 엮음
최경락 그림

초판 인쇄 ‖ 2006년 11월 20일
초판 발행 ‖ 2006년 11월 25일

펴낸곳 ‖ 시간과공간사
　등록 ‖ 1988년 11월 16일 (제 1-835호)
펴낸이 ‖ 임재원

ISBN ‖ 89-7142-197-5　03860

서울시 마포구 신수동 340-1(201호)　우편번호 121-856
전화 ‖ 3272-4546~8　팩스 ‖ 3272-4549
이메일 ‖ tnsbook@naver.com